自分は今、きっと淫らな顔をしている。
だって気持ちいい。
指を締め付けて、それを教えてしまう。
「ダメだ……、もう我慢できない」

Cocktail Kiss Label

愛さないと言われましたが、やり直したら騎士が溺愛してきます

火崎　勇
Yuu Hizaki

この物語はフィクションであり、実在の人物・団体・事件等とは、いっさい関係ありません。

Contents

イラスト・カトーナオ

愛さないと言われましたが、
やり直したら騎士が溺愛してきます

自分が騎士に向いていないのはわかっていた。

剣の腕はまあまあだったが、それは飽くまで訓練の時だけで、人に真剣を向けると手が震え出してしまったから。

子供の頃から、人を傷つけることができなかった。

自分のせいで誰かが傷つくと考えると、泣きたくなった。

そんな俺を、父親は酷《ひど》く嫌っていた。

「我がレイムンド伯爵《はくしゃく》家は代々優秀な騎士を輩出し、騎士伯と呼ばれている名家だ。それなのに人に向けて剣を構えられないとは何事だ。お前は本当に意気地無しだな、アルカム」

冷たい目で見下ろされ、何度その言葉を投げ付けられたか。

「身体の弱い母親に似たのか……」

と言われるのも辛《つら》かった。

母は侯爵《こうしゃく》家の三女だった。

父は母の父である侯爵に是非にと望まれての結婚だったが、そこに愛情はなかった。

珍しいことではない。

貴族の間では、地位と名誉の繋がりで結婚するのが当然なのだ。

父は侯爵家に望まれてその娘を娶《めと》り、侯爵家は騎士として名高い父に三人目の娘を嫁がせて体裁を整える。どちらにも悪くない結婚だ。

だが、母は身体が弱く、俺が七つの時に亡くなった。

子供は俺一人。

跡継ぎである男の子ではあるが、そんなわけで騎士には向かない子供。

茶色い髪でがっしりとした筋肉質の父ではなく、母譲りの金髪に青い瞳。体格も母に似てほっそりとして女っぽい。

父が俺を好んでいないというのは、子供心にもわかっていた。

飽くまでも『好んでいない』程度だ。無視はされていたが、迫害を受けることはないし、まだ騎士に育てる夢も捨てていないだろうという態度も見せた。

貴族の子供達が通う学園にちゃんと通わせてもくれていたし。

だから希望の通りの息子でないことを申し訳ないとは思うけれど、父を嫌うということはなかった。

学園に通うと、座学の学力は学年でトップを争うほどになり、文官としての才能を目覚めさせた。

情けない子供として生きてきた自分が、優秀と呼ばれるようになった。

けれど、父は文官としての名誉には目を向けてくれなかった。

騎士でなければレイムンド家には用がない、と言わんばかりに。

学園を卒業し、文官になっても。

文官として出世街道を歩んでも。

父は俺を認めてくれなかった。

それには理由があった。

父には愛人がいたのだ。

結婚する前から付き合っていた、平民の女性が。

貴族に愛人がいるのは珍しくない、基本平民の女性が伯爵と結婚はできない。相手の貴族が次男以下であったり、女性がどこかの貴族の養女になればできるだろうが、それにも準備期間がいる。

もしかしたら、父はそういう準備をしていたのかもしれない。

だがその望みが叶う前に侯爵からの縁談が来てしまった。

自分より上位の貴族からの申し出は断れず、父は母と結婚した。恋人を愛人として。

その愛人の女性との間に、息子がいたのだ。

俺は会ったことはないが、どうやら彼は父によく似ているらしい。

「どうしてあの子に出来ることがお前には出来ないのだ」

という言葉を何度か聞かされ、ぼんやりと対象がいるのだということには気づいていた。

だから、父からその存在をはっきりと告げられた時には『やっぱり』としか思わなかった。

父が、弟を跡継ぎにしたいと言い出した時にも、俺は『やっぱり』と思った。

父が望むならそれでもいいかな、と。

だが親族は大反対だった。

侯爵家の血を引く長男がいるのに、どうして平民の子供に伯爵家を継がせなければならないのか、と。

父と親族はかなり揉めて、最終的な決定権を俺に委ねてきた。

「アルカム、お前はどうなんだ？」

俺はどちらでもよかった。

むしろ、今まで父の望みを何一つ叶えてやれなかった自分が、ここで頷《うなず》けば一つは叶えてやれるのでは、と考えてしまった。

けれど、親族が大反対する中で跡継ぎとして迎えても、その結果がよくないこともわかっている。

なので、一つの提案をした。

「弟に、オリバーに名誉があればよいのではないでしょうか？」

その場にいた全員が、俺に注視した。

「平民の血よりもレイムンド家の血が濃い、とわかれば問題はないはずです」

「見かけだけでは……！」

青筋を立てたのは叔父《おじ》だ。

「ええ、もちろん外見ではありません。今年の剣技会に出場し、三位以内に入れば、認めてもよいかと思います」

叔父も、伯爵家から出たとはいえ騎士だった。というか一族郎党、騎士職に関連する地位に就いている。

だから『剣の腕がある』というのは認めるに相応《ふさわ》しいと考えるだろう。

父の言葉から、弟のオリバーがかなりの腕だというのも知っていたし。

けれど、親族の連中は今日初めてオリバーの存在を知ったようで、彼に剣の腕があることを知らなかった。

俺が父を慮《おもんぱか》って、諦めさせる理由を考えた、と思ったのだろう。全員が「それならば」と了承してくれた。

ただ、親族が帰った後に、父は聞いてきた。

「それでいいのか？　本当に？」

わかっているのか、という顔で。

「レイムンド伯爵家に相応しい、という言葉の意味は知っています。自分が騎士にはなれないことも」

「オリバーは……」

「きっと強いでしょうね。父上に似て」

それだけで、父は俺の気持ちをわかってくれた。

そして今から一週間前、オリバーは剣技会の一般の部で優勝した。

これで俺はレイムンド伯爵家の跡継ぎではなくなったのだ、と安堵《あんど》した。

そう、『安堵』だ。落胆ではない。

跡継ぎ、という言葉に含まれる重責から抜け出せたことが嬉しかった。

レイムンド伯爵家の跡継ぎは、騎士でなければならない。伯爵家を繋ぐために、結婚をしなくてはならない。

けれど俺は騎士にはなれず文官の道を歩んでいた。

父がオリバーのことを悩んでいたのか、俺に興味がなかったのか、貴族の息子としては珍しく婚約者も決められていなかった。

というか、自分の意志でも縁談から逃げていた。

一つは、愛のない結婚をしたくなかったから。

父と母を見ていたから、自分のような子供を作りたくなかった。

不謹慎な話だが、母が亡くなってくれていてよかったと思う。父は母が亡くなるまできちんと夫としての務めは果たしていたし、母は愛人のことを知らなかっただろう。

でも跡継ぎ問題が持ち上がったら、その全てを打ち明けたに違いない。それは母にとって悲しいことだ。

俺が騎士になれなかったことも、父に愛人がいたことも知らずに亡くなった母はそれなりに幸福だったと思う。

そしてもう一つは、自分には愛する人がいるから。

だが結婚などできるはずもない相手だから、だ。

エディアール・カラムス侯爵子息。

男性だ。

エディアールは、母の遠縁であるカラムス侯爵の三男だった。

遠いけれど親戚と言えないことはない。その関係で、俺達は幼い頃に知り合った。

三男とあって侯爵家を継ぐことはできないが、彼には剣の才能があったので、父が気に入ってよく我が家に呼んでいた。

つまりは、幼馴染みということだ。

子供の頃からずっと一緒で、学園でも親しくしていた。

卒業と同時に彼は騎士団に入団し、才能があった上に好んで父が教えていたのもあって一年で二番隊の副隊長になり、二年目には隊長に大抜擢された。

いずれ騎士団の団長にもなるだろうと噂されている。

さらりと前髪を垂らした漆黒の髪、眼光鋭い深い濃紺の瞳、通った鼻梁《びりょう》にキリッとした眉、引き締まった薄い唇。

普段は無口で愛想がないのに時々見せる笑顔は色っぽくて、女性達に黄色い声を上げさせる。一部男性にも。

出世頭で美形、完璧な男だ。

だが友人はあまり多くなく、俺が一番の親友だった。

女性との結婚に目を向けない自分が、そんな完璧男と過ごしていれば、だんだんと心惹かれてゆくのも無理はないと思って欲しい。

最初は騎士になれないでいじけていた自分にも優しくしてくれる幼馴染《おさななじ》み、父が目を掛ける羨望の対象。やがて文官を目指す俺を認めてくれた親友。

彼が騎士になってからは男性としての憧れ。

さらに、自分だけを特別扱いしてくれる彼を独占できる優越感。

もう心を傾けるなという方が無理だろう。

女性といるよりもエディアールといる方が楽しい、彼に近づかれるとドキドキする。

母親に似て少し女性的な面差しの自分が好きではなかったが、それすらも彼は『美しくていいじゃないか』と笑って褒めてくれる。

男性同士の恋愛は、決してタブーではない。

跡継ぎにはなれない貴族の次男三男の中には、家を構えることが金銭的に難しいからと敢《あ》えて男色《だんしょく》に走る者もいる。

辺境に住まう貴族の中には、妻の他に遠征に出る時にはそういう目的の小姓《こしょう》を連れる者も。

娼館《しょうかん》にも、男性はいた。

だから、自分の気持ちをエディアールに伝えてみたいと思った。

もしかしたら、彼も自分と同じ気持ちでいてくれるのではないか。

王城の一角にある男性だけのサロン。

若い貴族達が親交と情報交換を目的とした集まりで顔を会わせた時、俺はエディアールを遠乗りに誘った。

彼は一も二もなく了承し、近くの森へと馬を進めた。

他愛のない話をしながら周囲に人の気配のない場所まで来てから、終《つい》に心を決めて口を開いた。

「エディアール、真剣に聞いて欲しいことがあるんだ」

緊張した面持ちの俺に、他の人には見せない穏やかな微笑《ほほえ》みを向けてくれる。

「何だ、いきなり」

馬を止め、二人で並ぶ。

「実は……、俺はずっとお前のことが好きだったんだ」

「何を今更、俺だって好きだぞ」

ああ、伝わってないな、とすぐにわかった。

だがここでめげてはいけない。

告白すると心を決めたんだから。

「友人としてじゃない。恋人のようにお前を愛してしまったんだ」

口がからからに渇いていた。

それでも何とか告げることはできた。

「真剣に……、考えてくれないだろうか？」

すぐに答えが貰えるとは思っていなかった。せめて、少しは悩んでくれるとか、これから向き合うと言ってくれるとか、そう言ってもらえればと考えていた。

けれど、目の前にある親友の顔は険しく歪《ゆが》んだ。

……エディアール？

嫌な予感に背中が汗で濡れる。

「……困る」

胸が痛い。骨が折れたんじゃないかと思うほど。

「お……、男同士だから考えづらいよな？」

「そうじゃない」

逃げ道を作ったつもりがピシリと遮断されてしまう。

「アルカムとだけは、そういうことは考えられない」

ガンッ、とハンマーで後頭部を殴られた気分だった。

俺だけは……？

「二度とそんなことは考えないでくれ。お前とは友人でいい」

手綱《たづな》を握る手が冷たくなる。

全身から力が抜ける。

「恋人にはなれない」

きっぱりとした答えに、涙が出そうだった。

「そ……うか……」

苦しい。

苦しい。

母が亡くなったことより、父に騎士になれないことを失望された時より、悲しくて、苦しくて、切なかった。

そうか、こんなにも親しくしていても俺ではダメか。

同じ気持ちなのではと思っていたけれど、それは間違いだったか。

こんなにも近くで、笑って、触れて、どんな時にも寄り添ってくれていても、恋にはならなかったのか。

「悪かった。……忘れてくれ」

そう言うのが精一杯で、もう友人の顔が見られなくなって、俺は馬の腹を蹴って走らせた。

人生で初めてと言っても過言でないほどの決意だった。

彼を愛していると気づいてからずっと、彼のことだけを考えてきた。彼もきっと俺のことを意識していると確信していた。

何という思い上がり。

絶望と共に恥ずかしさに襲われ、俺は馬を駆った。

「アルカム！」

我慢できずに溢《あふ》れた涙が視界を曇らせる。

悲しみが力を奪う。

それでもこんなみっともない姿を見せたくなくて、エディアールから離れたくて、馬を走らせ続け……。

「あ……っ！」

馬が少し跳ねた拍子にぐらりと身体が崩れた。

「アルカム！」

マズイ、と思った瞬間、手綱が手からするりと抜け、視界に地面が迫る。

ガッと脳髄に響くような痛みを感じたと思ったら、世界が暗転した……。


失恋したと同時に落馬して死んだ。

最低な人生だったとしか言いようがない。父の期待に応えられず、告白した途端幼馴染みの親友も失ってしまった。

彼もきっと呆れただろう。

穴があったら入りたいという心境とはこういうことかと実感した。

そんな前世を思い出したのは、中学生の時、学校の階段から転落した時だった。

ああ、俺ってばとんだ『やらかし』の前世だったんだな。

現実を受け入れた時、最初に思ったのはそれだった。

もちろん、それまでの記憶が消えたわけではないので、現実は受け入れた。

そして過去の記憶については封印することにした。

正に中学生、『前世が』なんて厨二《ちゅうに》病を口にしたらリアル中二病。友人達にどんな目で見られるかよくわかっていたので。

過去は、過去。

今更戻れるわけではないのなら、忘れるべきた。

……とはいえ、エディアールのことを忘れることはできなかった。

ずっと好きだったし、恥を忍んで告白するくらい本気の相手だったのだ。

しかも彼は美しかった。

生まれ変わったこの世界で、どんなにイケメンと言われる男を見ても『エディアールの方がもっとかっこよかった』と思ってしまうほどに。

心に抱く相手がエディアールだから、ここでも女性に食指は動かない。

でも男性もエディアールと比べると興味が湧かない。

結果、俺は学業優秀で顔も悪くなく友人もたくさんできたのに、一度として恋をすることがなかった。

こういうの推しがいるから、と言うのだろうか？

現実の結婚を夢見ているわけではないのに頭から相手のことが離れない。その人のためなら何でもするのに、というところが。

もっとも、エディアールに対してできる推し活は何もないのだけど……。

この世界では男性同士の恋愛はタブー視から市民権を得たばかりというようだが、色々情報は溢れていた。

そう。意識しなくても俺の頭に入ってしまうくらいに。

アルカムだった時には、エディアールを愛していても最終目的は抱き合ってキスするぐらいまでしか想像していなかったのだが、ここでの溢れ返る情報のせいでその先のことを知ってしまった。

そうか、男同士でも男女と同じように閨《ねや》を共にすることができるのか、とか。結合部分には痛みを軽減させるためにこういうものが使われるのか、とか。

入れたからってどうにかなるわけでもない知識だったけど、妄想は刺激された。

三十歳になるまで童貞だと魔法使いになれる、などという話を聞けば、その時になったら魔法を使って元の世界に帰れないかな、エディアールもこの世界に転生させられないかな、とも考えたりした。

妄想だ、妄想。

でも考えることは楽しかった。

自分だけのハッピーエンドは誰にも邪魔されなかったし。乙女な心を持っていても、口にさえしなければ誰にも嗤《わら》われたりしないのだから。

けれど……。

俺は魔法使いにはなれなかった。

童貞を捨てたわけではない。

三十歳になれなかったのだ。

騎士として馬に乗ることが叶わなかったからと、代わりにハマっていたバイクで一人ツーリングを楽しんでいた時、雨上がりの山道で事故ってしまったから。

明かりの少ない下りの山道。

多分、トラックから落ちたのであろうビニールシートに乗り上げスリップした。

あ、と思う間もなくバイクは横滑り、俺は高く崖側に放り出された。

前世が落馬、今世は落車か。

俺ってばつくづく乗り物に向いてないのかな。

そう思って次に来る痛みと衝撃を覚悟した。

あの世でなら、エディアールに会えるのかな、と思いながら……。


「アルカム！　しっかりしろ！」

そう、エディアールの声はこんな声だった。

いつもは低い声でポツリとしゃべるのだが、俺の前では饒舌《じょうぜつ》で。怒った声は怖かったけど何故か艶《つや》めいてると思ってしまった。

「頭を動かすな」

ん？

「馬車の手配を」

これ、は誰の声だ？

「いや、それより抱えて走ります」

今のはエディアールの声だよな。

「ばかか、揺らさずに抱えて走るなど無理だろう」

でもこれは……。

「エスト様、ローデリックが馬を走らせました」

これも違う。

何か……、人がいっぱいいる？

俺はそうっと目を開けた。

「アルカム！」

目の前に、心配そうに俺を覗き込む黒髪の男。

「……エディアール？」

彼の顔を見た瞬間、ぶわっと喜びが胸に溢れる。

これ、走馬灯ってヤツかな。地面に叩きつけられるまでに見る、幸せな夢？

「エディアール、揺らすな」

そんな彼を押しのけて視界に入って来たのは、赤毛の男性だった。

たしか……。

「エスト……様」

侯爵位を継がれた、俺達より年上の方だ。

「私がわかるか？」

「え？　あ、はい……」

「どこか痛むところは？」

痛む……。

言われて腰と背中に痛みを感じる。

「腰と背中が……」

「頭は？」

「いえ、頭は別に」

答えると、エスト様がほうっとため息をついた。

「よかった。頭から落ちたのではないようだな」

「あの……、ここは……？」

「ばか！　お前は落馬したんだ。だから手綱はしっかりと握れと……！」

怒った顔のエディアールが再び視界に入る。

けれどまたすぐにエスト様に押し返された。

「わからないのか？」

「俺……山道をバイクで……」

「山道？　ばいく？　記憶が混乱しているのか？　お前はセイガル伯爵主催の狩りに参加していて、馬から落ちたんだぞ？」

セイガル伯爵主催の狩り……。

ああ、そういえば、学園を卒業する記念にとセイガル伯爵が自分の息子を含めた卒業生達を狩りに招待してくれたことがあったっけ。

俺は一匹も仕留められなかったが、エディアールは見事な牡鹿《おじか》を仕留めていた。

「だめだな……、よくわかってないようだ。もういいぞ、アルカム。目を閉じてゆっくり休め。すぐに救護テントに運んでやる」

救護テント……。狩りの時には万が一を考えて女性達の待機する場所に医師や治療士を揃えた救護テントがあるものだったっけ。

そっか、死ぬかもしれないと思ったから、昔の救護テントのことなんか思い出したんだな。

でもそろそろ地面に叩きつけられる頃だ。

最後にエディアールの夢が見られてよかった。

俺は静かに目を閉じた。

「馬車がここまで入りません」

まだ周囲では人声がする。

大勢の足音も聞こえる。

「馬車のところまで俺が運びます」

「無理をするな」

「大丈夫です」

ふわりとお姫様抱っこされる感触。

運ぶと言ってた声はエディアールのものだった。

俺は今あいつに抱き上げられてるのかな?

だとしたら本当にいい夢だ。男の俺が彼に抱き上げられるなんて、夢でしかあり得ない。

彼の顔をした天使に抱えられて天国へ。

最後の最後で、神様ありがとう。

うっすらと目を開けると、エディアールの真剣な顔が見えた。そうそう、この顔だよ。ずっと好きだった人の顔を覚えていて、記憶も間違ってなかったことが嬉しい。

ちょっと若い気もするけど。

顎《あご》からじゃなくて正面から見たかったなぁ、と思いながら再び目を閉じた。

一秒でも長くこの夢が続きますように、と祈りながら。


「情けない。レイムンド家の息子が落馬で運ばれて来るなんて」

好きな人に抱き抱えられて天国へ一直線という夢を見た、と思っていたのに。目を開けて一番に目に入ったのは厳しい父親の顔だった。

俺がバイクで出掛けるのを見送ったサラリーマンの父親ではない。騎士になれなかった俺を散々嘆いていた方の父親、レイムンド伯爵だ。

「馬ぐらいはまともに乗れると思っていたのに、それも駄目だったのか」

相変わらず冷たく突き放す声。

「学園を卒業して少しはまともになったかと思ったが、所詮《しょせん》はその程度か」

イライラしてるなあ。

「医師によれば打ち身だけで大したことはないというから、暫《しばら》くおとなしくしていろ」

でも、あの頃は気づかなかったけれど、これは一応『ゆっくり休め』って言ってくれてるのかもしれない。

「……申し訳ありませんでした」

父上は俺の言葉を聞くと、少しだけ目を細め、そのまま出て行った。

不器用な人なんだろうな。

俺のことを大切だとは思っていないだろうけど、息子としては気遣ってくれてるんじゃないかなとは思える。

なんて、そんなことを考えてる暇はない。

俺はしっかり目を開けて周囲を見回した。

ここは……、俺の部屋だ。

大きなマホガニーのデスク、壁一面の本棚。アルカム・デア・レイムンドだった時の俺の部屋に間違いない。

ということは、だ。俺はまた転生したのか？

頭が混乱する。

俺は学園なんかとっくに卒業して、既に文官として働いていたはずだ。なのに、落馬事故は卒業記念の狩りの場だったようだ。

ということはあの告白の日の三年前ということになる。

あの現代の世界は俺の夢で、告白したのも夢だったんだろうか？

いや、いくら夢とはいえ、飛行機やバイク、電話にテレビを自分が妄想したとは考えられない。あんな発想、俺にはないはずだ。

現代に生きていたことが事実なら、その前に死んだことも事実で、ということは告白して落馬したことも事実ってことになる。

ああああ……、恥ずかしい。

フラれた相手にまた会わないといけないのか？

エディアールにまた会えるのは嬉しいけど、どんな顔して会ったらいいんだ。

……いや、待て。

巻き戻ったなら、俺はまだ告白していないってことか。それなら……。

コンコン、とドアをノックする音がして思考が中断する。

「坊ちゃま、エディアール様がお見舞いにおいでです。お通ししてよろしいでしょうか？」

言ってるそばから来た！

「あ、ああ……、どうぞ」

思わず手櫛で髪を整え、身体を起こす。

ドアが開くと、メイドと共にエディアールが入って来た。

「アルカム」

前髪を流した黒い髪。まだ真新しい濃紺の軍服を着たエディアールは、眩《まぶ》しいほどに凛々《りり》しく美しかった。

大股で近づいて来た彼は、おもむろに俺に抱き着いた。

「よかった、もう起きれるんだな」

これだよ、これ。

エディアールは俺にだけ、スキンシップが激しいのだ。だから愛されてると誤解してしまったのだ。

しかも久し振りとあって、破壊力は絶大だった。

思わず顔が熱くなってしまう。

「エ、エディアール。ちょっと苦しい」

「ああ、悪い」

悪気なく、パッと手が離れる。

「打ち身があるんだったな。熱もあるんじゃないのか？　顔が赤いぞ？」

言いながら、乱れた俺の髪を耳に掛けてくれる。

これはエディアールの癖だ。

俺の長い髪が零《こぼ》れるのがどうにも気になるらしく、気が付くとすぐに手が伸びてくる。それは彼との関係に恋愛を意識する以前から好きな仕草だった。

だから、父上に男らしくないと言われながらも男としては好ましくないふわふわな髪を伸ばしていたのだ。

彼が『綺麗な髪じゃないか』と褒めてくれる白みがかった金髪は自慢でもあった。

「いや……、大丈夫だ」

心を落ち着けて、軽くエディアールの身体を押し返す。

もちろん彼は素直に身体を離し、近くにあった椅子を引き寄せて腰を下ろした。

まだ残っていたメイドが、俺の背中にクッションを入れようとすると、それを受け取ってエディアールがクッションと枕を整えて背もたれを作ってくれる。

「すぐにお茶をお持ちいたします」

メイドは微笑ましくその様子を見て退室した。

二人きり、というだけで妙に緊張してしまう。

だって久し振りだったから。

「……今日は軍服なんだ？」

何を話したらいいのかわからなくてそう言うと、エディアールは怪訝《けげん》そうな顔をした。

「初めて見せると思うが？」

そうだっけ？

でももうずっと軍服姿の方が見慣れて……。

違う。あれは今から先の話だ。落馬が伯爵の卒業記念の狩りの時だとしたら、彼は騎士団に入団したばかりじゃないか。

「も……、もうお前は騎士になるとわかってたから、ずっと軍服姿を想像してたんだ。思った通り似合うな」

「もう少し驚いてくれると思った」

拗《す》ねたようにちょっと目が細まる。

「驚いたさ。でも似合い過ぎて違和感がなかったっていうか。……ちょっと立ってちゃんと見せてくれるか？」

「見世物じゃないぞ」

と言いながら立ち上がって見せてくれる。

紺色の丈の長い軍服は、肩章とボタンと縁取りの部分が金で、胸に黒地に金糸でグリフォンの刺繍がされたワッペンがある。グリフォンは王国騎士団の紋章だった。

前の時には、彼が入団式の帰りにこの姿で立ち寄ってくれて、二人で祝杯をあげた。かっこよくて、親友の栄誉ある姿が我がことのように自慢だった。

「かっこいいなぁ……」

思わず呟《つぶや》くと、エディアールは照れたように顔を背けた。

拳《こぶし》で口元を隠してはいるが、頬が赤い。

「子供みたいなことを言うな」

「俺にとって、騎士は憧れだから」

しかもエディアールの騎士姿だ。

前髪で目線を隠してはいても、眼光の鋭さのわかる切れ長の目。高いのに小鼻は小さいからスッとした鼻筋、やっぱり顔もいい。

「お前だって、文官の試験には受かったんだろう？」

言いながら座り直す。

「登城初日から休みを取ることになっちゃったけどな」

「文官の服はアイボリーだったな。きっとよく似合っただろう」

「騎士の軍服に比べたら大した服じゃないよ」

「すぐにそう言うことを。登城すれば金髪に青い目でそれだけ美人なんだ、きっとモテるぞ」

モテる、と言われて乾いた笑いが浮かぶ。

確かに、自分でも悪い顔だとは思わない。美しかった母に似て女顔だし、文系だから焼くことがない白い肌も女性に羨ましいとも言われる。

だが男として、筋骨隆々《きんこつりゆうりゆう》を望む父の息子としては喜べなかった。

それに、多少見目が良くてもエディアールの対象外だし……。

「モテるのはエディアールの方だろう。学生時代から……」

「そんなことより、お前の怪我の具合だ。打ち身と聞いたが、後遺症の心配はないのか？」

言い返そうとしたら、あっさり言葉を切られた。

「お前が振った話だろう」

不服そうに言い返しても、もう鉄仮面だ。

エディアールは俺の前では感情を表すが、いつまでもという訳ではない。感情の波が過ぎ去ってしまうと他の連中に対するのと同じように無表情になる。

ただ俺はそれに慣れているだけだ。

「感想を述べただけだ。広げたい話題じゃない。で、怪我は？」

「はい、はい。本当に大したことはなかったよ。左側から落ちたので、打った左の腰と背中に暫く痣《あざ》は残るだろうが、頭は無事だったから明日からは動いていいそうだ」

「そうか。では明日が初登城か」

「先輩達に厭味を言われないかが心配だな」

冗談で言ったのだが、彼は顔を顰《しか》めた。

「お前の配属部署の先輩はそんなに人が悪いのか？」

この正義漢め。こんな軽口に引っ掛かるなよ。

大切にされてる気になるじゃないか。

「ただ俺が心配しているだけだよ。まだ会ってもいないんだから」

「そうか、なら心配するな。アルカムほど優秀な男なら歓迎されるだけだ」

エディアールは、いつもこうやって俺を慰めてくれる。

本当にいいヤツなんだよな。

「どうだ、明日の帰りに二人で祝杯でもあげないか？　もちろん、お前の体調が良ければの話だが」

「多分無理」

「やっぱり体調が？」

「いや、そうじゃない。多分部署の先輩達と飲むことになるだろうから」

前の時はそうだった。

初登城の日とあって、帰りに場内の酒場で一杯飲んだのだ。

もっとも、本来の初登城の日は昨日。休んだ俺のためにもう一度やってくれるかどうかはわからないが。

「では明後日にしよう」

「わざわざしなくても……。お前だって忙しいだろう？」

「お前と一緒に祝いたい」

にこっと笑われると反論できなくなる。

彼の言葉はいつも本音で、本当に就職を祝ってくれてるとわかるから。それに、俺だって彼の就任を祝いたかった。

「わかった。それじゃ、明後日の帰りにいつもの酒場で待ち合わせしよう。何ならどこかの店を予約してもいいぞ」

「いや、それは仰々しいよ」

「なら、城の酒場にしようか？　お互い城勤めになったから、これから使うようになるし。騎士団の酒保《しゅほ》でもいいぞ」

「酒保はまだ怖いかな……」

既にその現状を知っている俺としては、初めて行くのは抵抗がある。

「じゃ、表の酒場の前で」

「ああ。楽しみにしている」

ノックがあって、メイドがお茶を運んで来る。

そこからはいつもの他愛のない話だ。先日の狩りの成果とか、その時友人達がどうしていたとか。初めての騎士団の感想とか。

穏やかに言葉を交わしながら、俺は本当にこれが夢ではないんだと、『帰ってきた』んだなぁと実感した。

この穏やかな時間が戻っただけでいい。

もう、彼と恋はしない。

いや、恋はしているが告白はしない。

彼の側にいられればいいじゃないか。

それ以上さえ望まなければ、俺はずっとこいつの側にいられる。親友として。エディアールの親友という立場だって、他の誰にも手に入らない特別なポジションだ。

それに、現代で入れてしまった知識のことを思い出すと、目の前の清廉《せいれん》な友人とアンナコトやコンナコトをするなんて考えられない。

……考えると顔から火を吹きそうだ。

だから、このままでいい。

二度と会えないと思ったんだ。もう一度、この穏やかな時間を味わえるならこんな幸せなことはないだろう。

ひとしきり会話をした後、帰る彼の背中を見送りながら、俺はそう自分に言い聞かせた。

これからは、親友として付き合っていこう、と……。


我がクレオス国の王城は二重の城壁に囲まれている。

王都の中心に聳《そび》え立つ、王族も居住するクレオス城。広い庭園に囲まれ、高い尖塔《せんとう》を二つ構える美しい城を囲むのが第一の城壁。

ここから先へ足を入れられるのは、基本伯爵以上の爵位を持つ者だけだ。王族からの呼び出しがあったり、仕事上で立ち入りを許されることはあっても、それは特例。

その第一城壁と第二城壁の間にあるのが、街のように全てが完備された場所だ。

役所もある、王立のコンサートホールもある、騎士団の練習場に詰め所、図書館にボールルーム、庭園に商店にレストランや飲み屋まで。

建物の重要度によって区画分けはされているが、かなりの敷地だ。

第二城壁の外側には堀があり、城壁の中に入るには大抵架けっぱなしになっている跳ね橋を渡る。

これが東西南北四カ所。

因《ちなみ》に、騎士団所属のエディアールは北門を使って登城し、文官の文書課に配属された俺は西門を使って登城している。

俺とエディアールがよく使う酒保は、主に騎士団が使う飲み屋で、貴族の子息が使うお上品な飲み屋とは別だ。

第二城壁から外側が王都。

騎士団の詰め所がある北側には森があるが、そこ以外は広大な街が放射状の道に沿って栄えている。俺が落馬して死んだのはこの北側の森だった。

壁といえば、王都の外周にも壁がぐるりと巻いていた。その外にはもう街はない。

レイムンド家の所領は王都よりずっと離れたところにあるが、王都内に屋敷がある。所謂《いわゆる》タウンハウスと呼ばれるやつだ。

エディアールのカラムス家のタウンハウスもあるが、彼は王城内の騎士寮に住んでいて、屋敷に戻るのは休日くらいだった。

お互い望みの場所に就職できたことを祝って酒を酌み交わしてから一年。

職場の雰囲気にも慣れてきた頃、二人揃って早過ぎる昇進が決まった。

エディアールは剣の腕を見込まれた実力で、一番隊に。番号の付いている隊は特別な役職だから出世だ。前は二番隊だったので、一番隊に配属されたのは前回とちょっと違う。だがどちらにしても出世は出世だ。

だが俺の出世は転生チートでだった。

俺の勤める文書課は、行政官の実行する政策に必要な資料を提出するのが仕事だ。どこにどんな資料があって、どんな書類や書籍が必要かを分析して提出する。現代で言うなら政治家をサポートする官僚？

右も左もわからない新人だったら、必要なものがわからなくて山ほどの資料を渡したり、見当外れな資料を渡したり、必要な資料がわかってもその場所がわからなくて時間がかかったりする。

だが俺は既に数年勤めた記憶があるので資料の場所はわかっているし、一度提出を頼まれている資料なら何が有効だったかも覚えている。

結果、言えばすぐに必要な資料を最小限の手間で提出できる有能な文官と判断されたのだ。

「いや、見た目が派手で綺麗系だから、仕事の方はさっぱりなんだろうなと思ってたんだ。ホントに、いい新人が来てくれた」

先輩のマロウさんにも褒められた。

金髪をオールバックに撫でつけたメガネの似合う紳士は、前の時から憧れの先輩だった。俺のようなチートではなく、勤勉な秀才だからだ。

彼の推薦があって、俺は彼の補佐に就くことになった。

お陰でその他大勢として言われたことだけをするために走り回る新人ではなくなり、優秀な上司の下でより重要な仕事に携われるようになった。

決められた仕事だけなので、自由時間も増えた。

その間に現代で学んだファイリングなどの効率システムも、目立たぬ程度に提言しているので上司の覚えはいい。

外交系の仕事をしているマロウさんに指名されたのは、対象国の歴史年表を作ってあげたことがきっかけだった。

この世界には年表という概念がなく、目で見てすぐに相手国の歴史的変遷がわかると大好評だったのだ。

「どうだい？　今日の帰りに一杯奢《おご》ろうか？」

見かけに反してざっくばらんなマロウさんの言葉に心が揺れる。でも……。

「すみません、今日は友人と先約があって」

「アルカムの友人？　部内の人間か？」

「いえ、騎士です」

「騎士？」

文官のお前の友人が騎士？　という目で見られる。

「学生時代の友人なので」

だがそう説明すればすぐに納得してくれた。

「ほう、それじゃもしかして酒保の方に行くのかい？」

「はい」

「それじゃ、私も一緒に行こうかな」

「え？　マロウさんもですか？」

「君の話を聞いたら、私も友人に会いたくなった。というか、会わないといけないことを思い出した」

「マロウさんも騎士の友人が？」

「うん。ちょっと顔出してびっくりさせてみたい」

驚いたけど、考えてみればよくあることか。貴族の子弟は大抵学園に入学するし、学園を卒業する者に文官や騎士は多くはないがいるものなのだから。

「じゃ、行こうか」

「はい」

マロウさんに促されて、並んで北にある騎士団の訓練場へ向かう。

「俺は待ち合わせしてますけど、マロウさんのご友人はもう帰ってらっしゃるんじゃ？」

「大丈夫。いつも酒保にいるから」

「お酒好きな方なんですね」

「毎日浴びるように飲んでる。結婚したんだから真っすぐ帰ればいいんだけどね。奥方も大変だよ」

「ご家庭があるのに毎日？」

「困ったヤツだろう？」

「そうですね……」

歩いていると、先方から人声が聞こえてきた。

騎士団の訓練場の端にある酒保だ。

基本的には騎士だけが利用する場所だが、専用というわけではない。

一般用の立派な酒場があるのに、どうしてここにわざわざ酒保を造ったかというと、荒っぽい騎士達が仕事を終えた後、静かに飲むことは難しいからだ。

仕事のストレスを飲酒で発散するため、大騒ぎになるのだ。

騎士であるためハメを外したりはしないし、そのようなことがあれば上官からの注意が入るが、貴族達は眉を顰める。

騒いでもいい飲み屋としてここが用意されているので、騒いでもいいが安全である飲み屋に行きたいとして貴族も訪れる。

現代でいうなら、学生も会社員もまとめて騒いでる居酒屋、みたいな感じか？

俺もマロウさんも慣れたもので、店の外まで聞こえてくる喧噪《けんそう》を気にもせず中に入った。

「アルカム」

その途端、聞き慣れた声が呼ぶ。

「彼が友人？」

騒ぎを避けるように、マロウさんが俺の耳元に顔を寄せて問いかける。

「はい。マロウさんのお友達は？」

俺も彼の耳に寄せて返事をする。

「一番奥に……、今気づいて立ち上がった」

言われて、そちらを向こうとした時目の前にエディアールが立った。

「友人か」

相変わらず他の人がいると無表情だな。

怒ってるみたいだからやめろと言ってるのに。

「先輩だよ。直属の上司」

「初めまして」

マロウさんは気にせずにっこりと微笑みかける。

「そうですか。アルカムがお世話になっています」

「やめろって、母親じゃないんだから」

恭《うやうや》しく礼をするエディアールを肘《ひじ》で小突く。

「いやいや、礼儀正しいじゃないか。こちらこそ、アルカムをよろしく」

「あなたに言われなくても」

「エディアール。失礼だろう」

注意しても、意に介さない様子どころか、更に失礼な言葉を向けた。

「本日は彼と二人で飲む予定なので、ご辞退いただけますか」

「エディアール」

マロウさんはぷっと噴き出した。

「いや、辞退はしないよ」

「就業時間外は上司に従う必要は……」

「俺のダチに絡むな、エディアール」

背後から体格のよい騎士がエディアールの首に腕を回す。

「エリックさん」

「よう、マロウ」

エリックと呼ばれた男性はエディアールを無視してマロウさんの名を呼んだ。

「エリック、やっぱりここにいたな」

「何だ、ひょっとして俺に会いに来たのか？」

「うちの部下が友人と飲むと言ったから、ここでおまえと飲めると思ってね。ついでに説教しようと思って」

「説教？」

「奥さんほっぽって飲んで帰る友人に、何考えてるんだって」

マロウさんがジロッと睨んだが、エリックさんは肩を竦《すく》めただけだった。

「エリックさん、結婚してたんですか？　飲んで帰るって奥様はご存じなんですか？」

それを見て正義漢のエディアールがマロウさんに加勢する。

睨みが二倍になって居心地が悪くなったのか、ささっと彼は俺のところに逃げてきた。

「後輩くん、助けてくれ」

「ぐえっ」

カエルのような声を出したのは、エリックさんが俺の首に太い腕を回したからだ。

「エリックさん」

すぐにエディアールが助けてくれたけど。

「私の可愛い後輩を殺す気か、エリック！　大丈夫か？　アルカム」

「はい、何とか。ありがとう、エディアール。先輩の腕を放してあげて」

騎士団では当たり前のことなのか、エディアールは先輩騎士の腕を捻《ひね》り上げていた。文書課だったら考えられないことだ。

エディアールはこれみよがしなため息をついてから、エリックさんの手を放した。

「酷いな、エディアール」

「彼は俺の友人です。騎士ほど身体が丈夫じゃないんですから、気を付けてください」

「わかったよ。マロウとエディアールの大切な子だって覚えとく。じゃ、三人で出るぞ」

「俺達はこれから飲むんです」

「いいから来い。マロウ、そのお姫様も連れて来い」

……お姫様って、俺？

だがマロウさんが一瞬真面目な目をしたので、エディアールは素直に彼に従った。

マロウさんも、俺の腕を取って一緒に外へ出る。

何か問題でも起きたのだろうか？

同じ考えをもったのだろう、外へ出るとすぐにエディアールが先輩騎士に顔を寄せた。

「何かありましたか？」

真剣な面持ちの彼と違って、エリックさんは困ったように頭を掻《か》いた。

「いや、大したことじゃないんだが、クトルム伯爵の息子がいたから」

その一言で、俺は納得した。

だが、残りの二人は気づかないようだ。

「ユリウス殿がいらっしゃるなら、騎士様がご友人をご心配なさるのは当然です」

俺が口を開くと、エディアールとマロウさんは揃って俺を見た。

「どういうことだい？　アルカム」

先輩の視線を受けて、俺も苦笑した。

「噂ではありますが、ユリウス・クトルム殿は男色家で、見目のよい者に強引に関係を迫るのだと……」

本当は、噂ではなく真実だ。

城で強姦騒ぎを起こして衛士に捕縛され、謹慎処分を受けたことがある。……が、それは今から一年後の話なので、ここでは明確なことは言えない。

「なんだそれは！」

「本当かい？」

二人に詰め寄られて、俺は一歩引いた。

「あ、あくまで噂ではありますが……」

「エリック、アルカムの言ったことは本当か？」

困った顔をしている俺を見て、マロウさんは、友人に矛先を向けた。

「ああ、まあ。従騎士の若いのが酒場で酒を勧められてちょっとアブナイ目に遭ってな、報告を受けてから少し気に掛けてあいつが酒保に姿を見せた時にはなるべく顔を出すようにしてたんだが……」

「それがおまえの酒保通いの理由か」

友人に言われて、騎士はまたパリパリと頭を掻いた。

「ま、酒好きだから」

「そんな理由があったなんて……。すまなかった。勝手に怒って」

あちらは誤解が解けて上手い感じになったが、こっちはそうはいかなかった。

「そんな噂があるなら、どうしてすぐに言わない」

「いや、噂だし……」

「噂が出るということは、疑わしい事実があるからだろう。アルカムだけではない、危険が及ぶかもしれない他の者のことを考えて、騎士団や衛士と情報共有を行うべきだった」

「でも、いちいち噂で騎士を振り回すなんて……」

「それなら俺に言えばいいだろう。友人としての相談ならば問題はない。何故言わなかった」

何故と言われても……。

本当なら、この時点ではユリウス・クトルムの噂は広がっていない。当時の俺だって全く知らなかった。

「通りすがりに耳にしただけだから忘れてたんだ。今、エリック殿に言われて思い出しただけだから」

「聞いた時にすぐ言えばいいだろう」

「でもお前は忙しいからあまり会えないし……」

「お前は危機管理というものがなさ過ぎる。自分の容姿が目を惹くものだとわかって……」

「まあまあ、そう怒ってやるなエディアール」

執《と》り成すようにエリックさんがこちらに声を掛けてくれて、やっとエディアールの猛攻が中断された。

「普通は貴族の子弟がそういう悪さをするとは思わないさ。ユリウス殿は顔も悪くないしな。普通にナンパすれば問題はないいんだ。ただ、相手が男色家でなくても強引に出るから問題になるだけで」

「大問題です」

エディアールとマロウさんが口を揃えて言った。

「ああ、うん。まあそうだが、証拠がない以上噂じゃ取り締まれないんだよ」

「前回の従騎士の一件は？」

「従騎士の方が酒が強かったんで何とか未遂。だから事件にはならなかった。しかしカギの掛かった部屋に連れ込まれたそうだから計画的ではあったんだろう。窓から逃げられたってことは杜撰《ずさん》な計画だが」

「不幸中の幸いですね」

マロウさんはため息をついてから、俺を見た。

「アルカム、決してユリウス殿に付いていってはいけませんよ」

「もちろんです」

「エディアール殿でしたか。今日のところは酒保で飲むのは止めた方がいいでしょう」

「ええ、そうします」

「私も帰ります。アルカム、一緒に……」

「彼は少し私と話がありますから」

「……え？」

「そうですか。ではまた明日」

マロウさんはそのままその場を離れた。

いや、話って。

また怒られるのか？

「じゃ、俺はもう少しユリウス殿を見張っとくよ」

エリックさんもそう言って酒保に戻ってしまう。

二人だけで残された俺は、エディアールのお小言を恐れて彼を見た。

好きな人だけど、怒られると怖いんだよ。

「……まったく」

だが彼は怒らなかった。どうやら先輩騎士のお陰で毒気が抜けたようだ。

俺の頭に手を置いて、子供にするみたいにぐりぐりと撫でてくる。彼は俺のふわふわな髪質が好きらしい。子犬みたいだとよく撫でてくる。

「そういう危険人物の噂を耳にしたら、これからはすぐに教えるんだぞ」

「うん」

「心配だな。アルカムは抜けてるから」

「……酷い」

「いっそ、一緒に住むか？」

「……え？」

騎士の宿舎もいいが、いずれ家を出ることになるから小さなタウンハウスでも借りようかと思ってたところだ。お前が一緒なら、一軒家が借りられるだろう」

いや、ちょっと待って。

この展開は前にはなかったぞ。

朝から晩までエディアールと一緒なんて。幸せだが心臓に悪過ぎる。日中はお互い仕事だとしても、寝ぼけたエディアールとか、着替えしてるエディアールとか、風呂上がりのエディアールとか……。

だめだ、想像しただけでも耐えられない。

「何言ってるんだ。俺は家を出られないよ」

「……そうだな。お前は跡取りだったな」

数年後にはそうじゃなくなるけど、断るためにはまだ黙っていよう。

「そうだよ。それより、外の酒場に行こうか。この間マロウさんにいい店を紹介してもらったんだ」

「マロウって、今の人か」

「そう。直属の上司」

「結婚してるのか？」

「マロウさん？　いや、まだだけど」

「大丈夫なのか？」

「大丈夫って？」

「その……、ベタベタされたりとか」

心配そうな視線に、笑ってしまった。

「ユリウス殿の話を聞いたからって変な心配するなよ。マロウさんは婚約してるんだから」

「そうか。それは失礼した」

マロウさんのことを心配するなんて、前の時にはなかったことだな。

でもそうか。前は俺がマロウさんと親しくするなんてこともなかった。前は、順当に出世して、付いたのはギロメルさんだった。年配のおっかない人でちょっと苦手だった。

今も同じ部署にいるけれど、今回はあまり言葉も交わしていない。

やり直すと色々細かいことが違うんだな。

「どうした？」

黙ってしまった俺を気遣って、彼が声を掛ける。

「いや、他に報告するべき噂があったかなと思って」

「ああ。思い出したらちゃんと報告するんだぞ。だが今夜は飲もう。俺は明後日から辺境に出なければならないから暫く時間が取れない」

「聞いてない！」

「今夜話そうと思ってた」

驚く俺に、彼は笑った。

王都の騎士がわざわざ辺境に出るなんてこと、あったっけ？

「……それって、もしかしてラーメルとの国境？」

口にすると、彼が冷たい目を向けた。

「誰から聞いた？」

これは騎士の目だ。

基本騎士の出動は極秘だから、どこからか漏れたと思ったのだろう。

「誰からも。ただ、その……、ラーメルの王は最近即位したばかりで功を焦って何かするんじゃないかと思って」

そういえばそういうことがあった、と思い出したのだ。

ラーメルは西の隣国。先王が突然の病で亡くなり、第一王子のサルマンが跡を継いだ。

だが即位前に継承問題で少し揉めた。

王子が三人いたからだ。幸いというべきか、すぐ下の弟でさえまだ十四歳だったので若過ぎるからと、二十歳になるサルマンが継ぐことになった。

けれどサルマン自身もまだ若く、家臣に認められるためにと色々ヤンチャをした。

「ラーメルとは国境の曖昧なところがあっただろう？　あそこに攻めて来るのかなって」

俺が言うと、エディアールはほうっとため息をついた。

「お前は本当に優秀だな。お察しの通りだ。国境に跨《また》がるリイアの森の周囲にラーメルの兵士がウロついているらしい。牽制のためにこちらからも騎士団を派遣することになった」

「戦っちゃだめだよ？」

「わかってるさ。こちらが何かすれば、それを理由に難癖をつけてくるだろう。それで？　優秀な文官であるアルカムならどうする？」

どうする、と言われても。

当時はまだ新人扱いだった俺には詳しいことは教えられていない。

結果としては、向こうが雇った傭兵《ようへい》が勇み足で我が国に入り込み問題を起こしたせいで、こちらに理があるとして和平調停が行われた。知ってるのはそのぐらいだ。

いや、確かその後も何かゴタゴタしてた気が……。

でも今は思い出せない。

「……ラーメルは自軍の兵士以外に傭兵を雇うかも。古い家臣達はうちにちょっかい出すのに反対するだろうし。そうなると王立軍全体を動かすのは難しいだろう？」

「となれば嵩《かさ》増しで傭兵を雇うことは考えられるな」

「傭兵は礼儀正しくはない。命令が行き届かないこともある。もしかしたら、彼等が問題を起こすかもしれない」

「だが傭兵が問題を起こしても、国は知らぬ存ぜぬと言うかもな」

「……そうだね」

「だが、傭兵の頭《アタマ》は国との契約書を作っているだろう。うん、もし傭兵の姿が見えたら、頭を狙ってその契約書を手に入れれば責任の追求はできるな」

さすがはエディアール。

俺が言った一言からそこまで考えつくなんて。

「明日隊長に進言してみよう」

そう言った後に、彼は俺の肩に腕を回した。

「憂いが消えた。今日はゆっくり飲めそうだ」

近い、近い。

ここが酒保から離れた暗がりでよかった。

意識している俺の顔は、きっと赤くなっているだろう。

こっちは必死に諦めようとしているのに、この距離感ゼロの対応が俺を悩ませる。

「それでも、深酒はするなよ」

でもきっと、こいつは何にもわかってないんだろうな……。


翌々日、騎士団は西の辺境へ出動して行った。

当然俺は仕事中だったので見送れなかったが、偶然見かけた同僚は団旗を翻して進む姿がかっこよかったと興奮していた。

知ってる。

揃いの軍服で、馬を連ねて進む騎士団がかっこいいなんてこと。

今回は見られなくても、この後何回も見かけた。その中で凛々しい顔で進むエディアールの姿にうっとりしていたのだから。

憧れの目や、恋する眼差しで。

だからまあ今回は我慢しておこう。

彼が不在の間に、俺はラーメルとのゴタゴタを思い出すことに集中した。

こちらの騎士団が出向くまで、ラーメルは自国の王立軍を出動させていた。

もちろん、森の向こう側に。

最初、我が国は領兵と自警団だけが警備に当たっていた。その時はラーメルの兵の方が数的に優勢だった。

だからのんびり構えていたが、騎士団が投入されると焦り始めた。

森を挟んで睨み合うだけなのに、我が国の方が兵士の数が多い上に統制の取れた騎士団にサルマン王はビビってしまった。

取り敢えず数だけでも負けたくないと見栄を張ったサルマン王は、軍の増員を図ったが、軍は増員を出さなかった。

若い王の行動が無謀だと判断できる者がちゃんといたのだ。

それでも王は見栄のために数合わせの傭兵を雇うことにした。

金で集めた傭兵は優秀な者もいたがゴロツキのような者もいた。烏合《うごう》の衆なのだから当たり前だ。

睨み合うだけの毎日に飽きた傭兵の中に、夜陰《やいん》に紛れて村へ侵入し乱暴狼藉《ろうぜき》を働く者が出た。

騎士団が彼等を捕縛し、背後関係を調査したがラーメルとの関係を証明できずその後の対処に苦労した。

王はそんな連中とは無関係だと言い張って、難癖をつけるなと逆ギレしていたっけ。

結局、捕まった傭兵の中で保身を図った者が証言をし、すったもんだの末に停戦にこぎつけられた。

それで一カ月後に停戦調停の為にラーメルの使者が来てまた一悶着《ひともんちゃく》あったんだよな。

……何だっけ。

エディアールが出動してから思い出そうとしているのだが、上手くいかなかった。

その騒動があった時、俺は書庫に籠《こ》もっていて、後から先輩に大捕物《おおとりもの》があったと教えられただけだった。

城内での大捕物というからには結構な騒動だったと思うのだが、自分には関係ないと聞き流してしまった。

捕り物なら騎士団にも関係があるだろうから思い出してあげたいんだけど。

出征自体、膠着《こうちゃく》状態で結構長引いたんだよな。

暫くエディアールと会えないのは寂しいが、心の平静を取り戻すにはいい機会かも。

何せ、転生に気づいてからも彼の態度が心臓に悪いのだ。

先日の飲み会の時も、最初は普通だったが、酒が入って帰る時には肩を組まれたり、肩に頭を載せてきたりと、ドキドキだった。

男同士の友人関係としてはありがちな行動だが、恋心がある人間としてはキツイ。

なのでエディアール不在の間、仕事を進めておくことにした。

今はまだ前世の記憶があるから事前に仕事を予測して対処ができるが、自分が死んだ後からは予備知識がなくなる。

そうなったらまた平凡な事務官に……、と思ったが、間に一つ現代の人生が挟まれたお陰で別の意味のチートがあった。

事務処理のシステム等が進んでいた現代の知識だ。

単なる新人ではどんな提案も無視されただろうが、有能と認められた今の俺の提案は受け入れられ、称賛された。

一気に全部出すと後が続かないので、少しずつにしたが。

前の時は財務大臣に付いていたから、数字との戦いだったが、今回はマロウさんが外交官のイナルム伯爵の担当なので、外交関係の書類を揃えるのが仕事だ。

対応する国の官吏のことを調べるのもそうだが、その国の歴史や宗教や経済も調べなければならない。

まだ不慣れなことも多く、システムを効率化させたいと考えるのは当然だった。

「全ての部署で、書物をジャンル別に分けることを進言します」

この国の本棚は、作者別かタイトル別に並べられていた。

一見効率がよさそうに見えるが、それは作者やタイトルを知らなければ無秩序に並んでいるに過ぎない。

こういう内容の本が欲しいが作者もタイトルもわからなければ、端から開いてみなくてはならないのだ。

「ジャンル？」

昼食時、一緒に食堂でご飯を食べている時に話しかけると、マロウさんが不思議そうな顔でこちらを見た。

ひょっとして、ジャンルという言葉がなかったかな？

「本の内容によって分別するのです。歴史書は歴史書、数学書は数学書とまとめておけば、欲しい本が見つけやすくなります。その上で、タイトル順に並べるのです」

現代では子供でも知ってる当たり前だったルールが、この世界には存在しない。たかが本の並べ方、でも。

「だが内容が多岐にわたるものはどうする？」

「それは重なったもの、という区別をすればよいかと。礼儀と歴史であれば、礼儀と歴史についての本、という棚を作ればよいのです。更に本棚ごとに書籍名と作者名と内容を記した書類を作っておけば、わざわざ書庫に行かなくても見当がつけられます」

これは今の自分にとって切実な問題だった。

今までとは違う仕事を振られているので、関連書籍を探すのに時間がかかるのだ。

経理系の本は前世で覚えていたが、他のジャンルについては全くだった。

なので新人で前にやった仕事をやっている時には目的の本を見つけるのが早かったが、最近はぐっとその早さが落ちてきている。

「しかし、手間がかかるだろう」

「新人にやらせればいいのです。そうすれば、彼等も本についての知識も得ることができるでしょうし、場所も覚えます」

「なるほど。だが書庫全体のこととなると私の一存では決められないぞ？」

「わかってます。ですが、私だけの意見ではもっと通らないと思うので、マロウさんにもお口添えをお願いしたいんです」

暫く考えた後、彼は頷いた。

「提案だけはしておく」

うん、その程度でいい。今は。

自分が改革を進められるだけの地位に就くのはもっと先だろう。焦ることはない。少しずつ前に進めればそれでいい。

「マロウ様」

女性の声がして、二人で同時にそちらを向く。

立っていたのは役人には見えない茶色い髪の若い貴族女性だった。

「これはコレスタ子爵令嬢、お久し振りです」

見たことのない若い女性だが、マロウさんの知り合いだろうか？

「いやですわ、マリアンネと呼んでくださいと申しましたのに」

「いえいえ、私も婚約者のいる身ですから、親しくない未婚の女性を名前で呼ぶなどということはできませんよ」

笑顔で言ってるが、内容は一刀両断だ。

これは、あれかな。マロウさん狙いの女性なのかな？

「ルナリア様はそんなことで気分を害したりしないのでは？」

でも婚約してるのは知ってる様子だけど……。諦めきれないとか？

「彼女が気分を害さなくても、礼儀として当然のことです。今日はどのようなご用事で？」

にこにこしてるけど、今のは『礼儀を考えろ、貴族の令嬢がどうして城内の役人用の食堂にいるんだ？』って意味だよな。

「父と待ち合わせをしておりましたの。そうしたらマロウ様のお姿が見えたものでご挨拶でもと思いまして」

「そうですか。それではコレスタ子爵によろしくお伝えください」

挨拶はしましたからこれで終わりでいいですよね、という雰囲気に彼女は視線を逸《そ》らし、俺に目を向けた。

「マロウ様、こちらはどなたですの？　ご紹介いただけますかしら？」

少しソバカスのある女性の顔がにこりと微笑む。

悪い印象はないけれど、さっきまでの態度を見るにあまり近づきたくない気がする。

それを察してくれたわけではないだろうが、マロウさんは少し温度の下がった笑みで彼女に答えた。

「紹介する必要はないので、どうぞお戻りください。我々は今食事中ですし、仕事の話をしていたので邪魔をされると迷惑です」

「そんな酷い」

「役人の食堂に来て気軽に声を掛けることは非礼だとお父様に言われませんでしたか？　もし聞いていないのでしたら、部外者が出入りすることも、親しくない者に食事中に声を掛けるのも礼儀知らずだということをご忠告いたします」

「でも……」

「子爵からご注意いただく方がよければ、私から伝えます」

ピシリ、と言うと彼女は小さな声で「失礼いたしました……」と謝罪して離れて行った。

子爵令嬢が離れてから、マロウさんがほうっと息を吐く。

「お知り合いですか？」

「以前パーティで何度かね。婚約してからは近づいてこなかったんだが」

「よほどマロウさんが好きなんですね」

俺が言うと、彼は笑った。

「何を言ってるんだ。今のはアルカムを狙っていたんだよ」

「俺？」

「彼女は適齢期だがお相手がいないんだ。君を見て狙いを定めたんだろう」

どうして俺を、という顔をするとマロウさんは不思議そうな顔をした。

「今までも女性に迫られたことはないかい？」

「いや、今まであまりパーティにも出席してませんし」

「学園では？」

言われて今度は俺が笑った。

「モテる友人がいたので、俺は別に」

「モテる友人って、先日酒保で会ったエディアール殿か」

「はい。長身で黒髪の整った顔、剣の腕も座学もピカ一な男が隣にいたので、俺なんか目に入れませんよ」

二人でいると、よく視線は感じた。

だがそれはエディアールに向けてのものだった。自分の視線すら、彼に向いていていたのだ。

「それ、本気で言ってるのかい？」

「え？　ええ、本気ですよ。俺は騎士にはなれないし、女顔ですから、あまり女性には……」

マロウさんはさっきより深いため息をついた。

「レイムンド伯爵家が騎士家であることは知ってる。そのことで君は騎士に過剰な憧れを抱いてるんじゃないか？　まさかと思うが自分の容姿に気づいていないのか？」

「容姿、ですか？　まあ整ってるとは思いますが、女性っぽくてあまり好まれないのでは？」

「何を言ってるんだ。ふわふわの金髪に優しげな顔立ち、淡いブルーの瞳、女性が描く王子様そのものじゃないか」

「我が国の王子は黒髪ですよ」

まだ十歳だけど。

「物語の王子様みたいだっていうことだ。その女性的な顔立ちは、ヘタをすれば男性だって目をつけるぞ」

「それは勘弁したいです」

「君が勘弁してもらいたくても、相手は許してくれないだろう。気を付けなさい」

「はぁ」

さっきの女性は、また別の若い文官に声を掛けていた。

あれは父親の名前を下げる行為だと思うのだが、そもそもここで娘と待ち合わせをしている時点で父親も父親か。

「……アルカムが心配だ」

「え？　どうしてです？」

「君の審美眼は片寄り過ぎている。雄々《おお》しい男性に憧れるのは男として当然だが、女性は麗しい男性に憧れるものだと覚えておきなさい」

「それじゃ、理知的な男性も目を惹くとして覚えておいてください」

「私は自分がまあまあモテると知ってるよ、防御の仕方もね。だがアルカムは……」

何か残念な子を見るような目を向けられた。

「君のお父上もゴリゴリの騎士だから、気が付かないのかな。もう一度言うが、アルカムは女性が憧れる麗しの王子様そのものだ。だから友人といる時に向けられてたという視線の半分は君に向いていたと思う。近づいて来る者がいなかったのは、隣にいるエディアール殿が怖かったからだろう。彼は『目で殺す』みたいなタイプだから。君は一人でふらふらしてると危険なタイプだと思う」

……散々な言われようだ。

でも、一族の女性達も俺を見るとなよなよしてると言ってたし、学園でも近づいて来るのは穏やかな文系タイプの男子ばかりだった。

あれ、でもそれって、マロウさんの考え方からすると、父と同じ騎士一択のレイムンド一族の女性だから俺が頼りなく見えてただけ？

あのエディアールをものともせずに近づけるほど豪気な女性は当然彼が好みで、中性的な俺を好きな女性は彼が怖くて近づけなかったってことになるのか？

……まさかね。

現代だったら自分も美形だったと認める。きっとかなりモテただろうと。でもこの世界ではやっぱり凛々しい男性のがモテると思うんだけどな。

あとは、マロウさんみたいな知的なタイプ。

男としての俺の外見は、ふわふわして頼りなくて、享楽的に見えるんじゃないだろうか。

「父やエディアールのように強くはないですけど、一応剣は使えるので大丈夫ですよ」

まだ怪訝そうな顔を向ける先輩に、そう言って笑った。

「剣を持ってなければ意味ないと思うけどね。君、筋力はないから」

バッサリと切り捨てられたけれど……。


一カ月近く経って、国境沿いの騒ぎは終結した。

経緯は俺が覚えていた通りで、滞在が長かったのは睨み合いのため。最後の五日ほどが傭兵達との戦いだったが、我慢の利かない下っ端傭兵と精鋭の騎士では力の差は歴然。エディアール達騎士も、大きな被害なく帰還した。

出立《しゅったつ》の時は見送れなかったが、帰還の時には建物から見ることができた。

旗は立てていなかったが、整列した騎士達の姿はやはりかっこよかった。

その翌日、エディアールは俺の仕事の終わりを待って食事に誘ってくれた。

俺は夕飯はいらないと家に使いを出してから、彼と一緒に馴染みの店へ向かった。

騎士団の酒保は今回の出動のせいで暫く騒がしいだろうから、外の店を選んだ。

「お疲れさま」

エールの入ったグラスを合わせ、彼を労《ねぎら》う。

「大した働きもしなかったんだがな」

「それが一番だよ」

料理が美味い店なので、テーブルには肉団子や串焼きなど様々な料理が並んでいる。

店の雰囲気も悪くなく、自分達と同じように店の片隅では商人らしい男達が商談をしている。

それだけ安心できる店ということだ。

「そっちはどうだった?」

「こっちは平穏無事。何もなかったよ」

「そうか。アルカム、今度の休みによかったら付き合ってくれないかな」

「付き合う？」

問いかけると、彼は少し照れたように笑った。

う、尊い。

「実は……、今回ちょっとした手柄を立てて副団長の補佐に就くことになったんだ」

「手柄？ 大した働きもしなかったって言ったのに。嘘ついたのか？」

「いや、本当に大したことじゃないんだ」

「エディアール？」

キッと睨むと、彼は頭を掻いた。

「狼藉を働いた傭兵の一人を捕らえたらリーダーだっただけだ。他の騎士は何人も捕らえていたのだから大したことじゃない」

「それって、ザコを捕まえたのと、ボスを捕まえたのを同列にしてる？ リーダーってことは強かったんだろう？ エディアールは大勢の中から一番腕が立つ者を見分けて自ら捕縛に向かったんじゃないのか？ そしてその強いヤツと戦って勝ったから認められたんだろう」

俺が言うと、彼は顔をくしゃっと崩した。

「『運が良かったな』とか『一人しか捕らえてないのに』と言わないお前が好きだよ」

好き、はキルワードだろ。

「そんなの、当然だろ」

思わず顔が赤くなって顔を逸らす。

「アルカムはいつもちゃんと見てくれてるんだな」

テーブルの上でグラスを握っていた俺の手に、エディアールの手が重なる。

剣を握る硬い手に、エディアールの手だと意識する。

こいつは他人に触れられることを嫌がるクセに俺にはすぐ触れてくる。だから誤解してしまうのだ。

彼が俺を愛してるわけではないとわかるまでは、この動作が自分に向けられる特別な感情のせいだと。

好きだから触ってくれてるんだ、と。

ま、結局は親しさと友情でしかなかったんだけど。

これ以上誤解を深めないように、俺はエールを飲むフリをしてグラスを持ち上げ、彼の手から逃れた。

「エディアールだって見ててくれるじゃないか。お互い友人なら当たり前ってことさ」

彼も手を引っ込め、自分のグラスを握る。

「そういえば、アルカムの今度の休みは何時《いつ》だ？」

「俺はいつもと同じだよ。日曜と月曜」

この世界は曜日や時間の感覚が現代と一緒だ。

パラレルワールドとしたら、時代は違うが近い世界なのかもしれない。

「そうか」

「どうかしたのか？」

「うん、副官補佐になって給金が上がるから、寮を出ようかと思って」

「え？　騎士団の寮を？」

「ああ」

騎士団は若い男性が多いし、貴族の子弟だけでなく実力があれば平民も入団する、地方から出てくる者もいるということもあって寮が設けられていた。

エディアールは侯爵家の息子だが跡継ぎではないので、騎士団に入った時から家を出て寮に入っていた。

いずれは侯爵家を出ることになるのだから、と。

その寮を出るとは家に戻るつもりなのだろうか？

「家には戻らない」

こちらの考えを読んだように彼が言った。

「実はどこかに部屋を借りようかと思ってる」

「部屋?」

「前に言っただろう?　一緒に住まないかって。あれは冗談だったけど」

やっぱり冗談だったか。

「一人前になるにはどこかにちゃんとした拠点があった方がいいかな、と思って」

「でも寮なら食事も洗濯もしてくれるんだろう?　一人暮らしだとそっちが面倒なんじゃないか?」

「すぐに退寮するわけじゃない。寮の部屋は残して外に部屋を借りるつもりだ」

「どうして?」

「酔っ払って寮に帰るのが面倒な時用さ。それに寮だと周りが煩《うるさ》い時もあるから、一人になりたい時かな」

きっと後者だろう。

彼は女性にもモテるが男性にもモテる。変な意味じゃなく。

先輩からも可愛がられてるが、同僚達にも慕われている。何より、彼の剣の腕を認めて、よく練習相手に誘われるらしい。先輩からだと断れない。

前の時も、疲れるからいい加減にして欲しいと零していたことがあった。いくらエディアールが剣を好きでも限度があるのだろう。

「休みに一緒に部屋探しに付き合わないかって思ったんだが」

「俺が一緒に行っていいのか？」

「俺より細かくチェックしてくれそうだ」

「何をチェックするんだよ」

「広さとか使い勝手とか？　家賃が相応かとかも。俺はそういうのが苦手だから」

「仕方ないな。取り敢えず、チェックするべきことを書き出してやるから、まずは自分で調べてみろよ。希望の地域とかあるのか？」

「そうだな……、城に近い方がいいんだが」

「家賃高いぞ」

「よう、エディアール。お前もここで飲んでんのか」

現実的な問題を口にした時、声が掛けられた。

二人同時に顔を向けると、筋骨隆々な男が立っている。

名前を呼んだことと、その体格から、尋ねるまでもなく騎士団の人間だろう。

「友人といるんだ。声を掛けないのが礼儀だろう」

一瞬にして周囲の気温が下がる。

本当に俺以外の人間には愛想がないんだから。

これが平常運転であることは、声を掛けてきた騎士が平然としていることでもわかる。

「珍しかったからさ。そっちは騎士団じゃないんだろ？　お前が騎士団以外の人間と飲んでるなんて」

男の目が俺を見る。

「初めまして、エディアールとは学友だったんです」

「学生時代の友人？　益々《ますます》珍しい。こいつが剣に関係ないヤツと付き合い続けてるなんて。それとも、有名なエディアールのことを思い出して声を掛けたのか？」

あ、これはエディアールを大切にしてくれる人だな。有名人である彼に纏《まと》わり付く人間を排除してやろうと思ったに違いない。

脳筋っぽいけど、いい人じゃないか。

「見たとこ貴族の令息って感じだが、ひ弱そうだ。お前とエディアールじゃ不釣り合いだな」

うん、うん。学生時代散々言われてきたことだ。

「剣なんか握ったこともないだ……」

「エヴァン」

あ、また空気が凍る。

「失礼なことを言うな。彼は私の親友だ」

「親友？　こんな生っ白いのが？」

「彼はレイムンド伯爵のご嫡男《ちゃくなん》だ」

その一言で、エヴァンと呼ばれた男は目を見開いた。

「レイムンド様の？　こんなに細っこいのが？」

「エヴァン！」

エディアールが本気で怒りそうだったので、俺は慌てて自己紹介した。

「初めまして、アルカム・レイムンドです。見た通りの有り様で騎士にはなれませんでしたが、父の名を汚さぬよう尽力しております」

にこっと笑って強引に彼の手を握る。

「あ、いや。失礼致しました。エヴァン・サックスです。お父上には昔訓練を受けたことがあります」

「そうですか、大変でしたでしょう。父は容赦のない人なので」

「とんでもない。素晴らしい武人でした。当代では剣技は一番と……」

言いながら、彼の目が俺を値踏みする。

そうだよな、剣の腕はピカイチ、纏う空気は厳格な厳《いか》つい男の息子がコレだなんて。信じられないだろう。

「アルカムも剣技は素晴らしい」

エディアールがフォローしてくれるが、苦笑しかない。

「型は悪くないのですが、相手の剣を受けると引っ繰り返るほどの非力です」

「……そうなんですか」

エヴァンはまだ俺をジロジロと見ていた。エディアールの言葉を信じていないのだろう。考えてることはよくわかる。あの父の息子なのにこの様相か、騎士としては使い物にならないじゃないか。レイムンドの血筋がもったいない。

まあ、大体そんなところだろう。

父の友人達など、遠慮なくその思いを言葉に出してきていた。

「もういいだろう。友人同士の語らいに無粋《ぶすい》だ。立ち去れ」

「あ？　ああ」

「エディアール、同僚に失礼だよ。すみません、また機会がありましたらごゆっくり。お名前は拝聴しましたので、父にも伝えておきます」

「いえそんな。きっと覚えてらっしゃらないでしょうから。では失礼します」

男はまだ納得がいかないような顔をしながらも、自分の席へ戻って行った。

「すまなかった、アルカム」

「何でエディアールが謝るんだ？　それにいつも言われ慣れてることだ。気にしないさ」

「だが失礼だ」

「そうかな、俺はいい人だと思ったけど？」

「あれが？」

片眉が不快げにクッと上がる。

「有名人のお前に纏わり付く虫を払おうとして声を掛けてくれたんだろう？　お前がそういうのが嫌いだから」

「アルカムは虫ではない」

「それはさっきの彼にはわからないことさ。団に戻っても怒るなよ？」

「一々相手になんかするか」

「じゃ、タウンハウスの話を続けよう。早く決めたいんだろう？」

気を逸らすために言うと、彼はテーブルの上にあった俺の手を取った。

「この手を見れば、お前が剣を握っていたことはわかるだろうに」

文官として勤めるようになってから剣を置いたので、もう薄くなっている剣ダコを彼の指がそっと撫でる。

彼の指は硬いのに、その触れ方が優し過ぎてゾクッとする。

「くすぐったいよ」

慌てて手を引っ込めたが、掌《てのひら》には彼の指の感触が残っていた。

無意識にこういうことをするから誤解するんだって。だからと言って、無闇に触るなとは言えない。彼に触れてもらえることは嬉しいのだから。

「やっぱりアパートではなく一軒家がいいな」

「侯爵家は金持ちだな……」

「いずれ家は追い出されるんだ。これから一生住むかもしれないからな。そう言えば父も支援してくれるだろう」

「だったら、家事をしてくれる者や侍従が住む部屋も考えないとな。家事の方は通いでもいいが、留守を預かる侍従は必要だろう。執事が雇えればいいんだけど」

「空っぽの家に執事はもったいないだろう」

話題が移ると、彼はまた和やかな空気を纏い、表情も豊かになった。

きっとさっきの騎士が見たら驚くんだろうな。

愛されなくても、これが見られるだけで転生した価値がある。好意だっていい。そう思って自分の心を慰めた。

ただ、彼の微かな笑みを見る度、この世界に写真技術があればよかったのに、とは思ったけど……。

次の休みが重なった日、俺とエディアールは二人で不動産屋を訪れ、何軒かの屋敷を見て回った。

エディアールが父親と話をしたところ、金銭的には全面的に支援するから侯爵家として恥ずかしくない屋敷を買うように言われたらしい。

でないと、跡継ぎじゃないから追い出した、と言われるからと。

となれば、求める条件を全て叶える屋敷を求めることができる。

まず王城から近いこと。使用人の部屋が確保できること。いくらエディアールが人付き合いが得手《えて》ではないとしても、騎士団にいる限りは付き合いもあるだろう。

まして王城近くとなれば泊まらせてくれと言い出す者も出るはずだ。

彼が出世して部下を持つようになったら、部下を招いたりすることもある。

なので、人が呼べる広い食堂も必要だし、来客を泊める客間も。

何より、前世では家を買わなかった彼が『初めて』買う家なのだ、吟味してやりたい。

「分不相応だ」

エディアールは文句を言っていたが、父親の世話になりたくないのなら、出世して屋敷の代金を親に返せばいいじゃないかと言うと何とか納得した。

どうせ彼は遊びに金を使わないし、出世するだろうから不可能ではないだろう。

もっとも、暫くは雇い人の給料を自分で支払うのがせいぜいだろうが。

不動産屋に最初に案内されたのは、あまりにも広過ぎる屋敷だった。

庭も広々として、温室もある。二階建でバルコニーも立派。恐らく侯爵家のバックアップがあるからということだろう。

「こんなに大きな屋敷では維持ができない。住むのは私一人だ、もっと小さくていい。庭はいらないが厩《うまや》は欲しい」

エディアールが淡々と言うと、不動産屋は恐縮し、怯《おび》えながら次の家に案内した。

今度は三階建だが最初のものよりずっと小さかった。

けれどここは俺が反対した。

「古過ぎる。買うにしても借りるにしても修繕が必要だ。その分お金がかかる」

応接間の壁に大きな穴が開いているし、小さな庭は雑草だらけな上に敷地を囲む石壁も崩れている。

雑草や外壁は何とかなるかもしれないが、応接室の壁の穴は柱も傷つけていた。

これで三階建では家の強度が心配だ。

なので三軒目。

「こちらは以前引退した騎士様のお住まいだったのですよ」

案内した不動産屋は、これこそオススメ物件だという顔で言った。

馬が二頭は置ける厩舎、剣の鍛練ができそうなくらいの広さがある庭。

建物は、装飾は少ないがどっしりとした造りで二階建。食堂は広く、応接間も書庫もあり、二階には夫婦の寝室と客室。何と更に地下室があった。ここは使用人の部屋にできるだろう。

王城にも近い。

「すごいな……、最高だ」

と言ってしまったのは俺だ。

もし自分が家を出ることになったら、こんな家に住みたいと思ってしまった。

だが、ここもかなり高価だった。

今日回った三軒の中で一番王城に近いというのもあるだろう。

「気に入ったのか？」

「俺が気に入っても仕方ないけど、ここはいいな」

「じゃあここにするか」

その一言に、俺は慌てて彼の腕を取って不動産屋から離れた。

「予算オーバーだろ。高過ぎだ」

「だがアルカムがいいと思ったんだろ？」

「俺は関係ないだろ。お前が住むんだから」

「俺はどこでもいい。趣味のいいアルカムが気に入ったならいい屋敷だろう。それに前の住人が騎士だったのなら使い勝手もいいだろう」

それはそうかも知れないが。

「前の住人は夫婦だったんだろう？　二階に夫婦の部屋があったんだから。エディアールは独り身なんだから大き過ぎるんじゃないか？」

言ってから気づいた。

ああ、そうか。いつかはエディアールも誰かと結婚するんだ。

可愛い奥さんとエディアールが二人で住むなら丁度《ちょうど》いいかもしれない。彼もそれを想定して言っているんだろう。

「一人でさみしいと思ったらお前でも呼ぶさ。最初は使わない部屋は閉じておけばいい」

最初は……。

でも『いつか』は……。

「……エディアールが気に入ったなら、いいんじゃないか？」

いつもと変わらぬ顔で室内を見回すエディアールの頭の中には、『いつか』夫婦で暮らす日々が思い描かれているのだろうか？

唇の端が少し微笑んでるように見える。

「使うのは主寝室と書庫ぐらいかな」

「食堂も使えよ」

「食事は寮で済ませるさ」

「応接室は必要だろう。絶対侯爵様は見にいらっしゃると思うぞ」

「……両親と兄上は来るかもな。じゃ、応接室もか」

俺も、義弟を迎え入れたら家を出た方がいいだろう。

義弟は跡継ぎになるから結婚するだろう。そうしたら役に立たない自分は居候《いそうろう》となる。

普通ならそんな場合、跡継ぎのいない家に入り婿するのだろうが、ここまで拗らせた恋を抱えたまま誰かと結婚するなんてあり得ない。

一人寂しく暮らすなら、こんな立派な家はいらないだろう。

「お気に召したようでしたら、こちらにしますか？」

俺達の様子を見ていた不動産屋が揉み手をしながら声を掛ける。

途端にエディアールは表情を無くして彼を見た。

「そうだな。取り敢えず手付けを払おう。だが、もう少し他も見てみたいから本契約は後だ」

「ここよりよいところはございませんよ」

不動産屋は不満そうな顔をしたが、商売人としてすぐにそれを笑顔に隠した。

「それではもう一軒、回られますか？　次のものとなるとかなり手狭なものになりますが」

「今日はもういい。時間もない」

エディアールは素っ気なく答えた。

「そろそろ腹も空いたので、今日はお仕舞《しま》いにします。家は大きな買い物ですから、少し考えないと。それに、侯爵様のご意向も考慮しなくてはなりませんので」

「別に父の……」

エディアールの態度をフォローしようとした俺の言葉に反発する彼の足を踏んで黙らせる。

「それに、買うとなれば修繕が必要かをもっと詳しく検分しなければなりません。その修繕費をどちらが支払うのかとか、先に尋ねたいこともありますしね。侯爵様が確認にいらっしゃる前に、お互いきちんと調べた方がよろしいでしょう？」

これは脅しではない。誘導だ。

「侯爵様は厳しい方ですから、色々とチェックなさるでしょう。その時に万全であれば、よい店であると評価されるのではないでしょうか？　侯爵様の評価がよければ……、その後はまあ言わなくてもおわかりですか」

結果については明言しない。嘘になってしまうから。

エディアールの父君であるカラムス侯爵は別に厳しい方ではない。エディアールが決めたことに口出しをする人でもない。

だから、ここをチェックには来ないだろう。彼が住んだ後に訪れるかもしれないが。けれどこう言っておけば、目に付くような瑕疵《かし》は不動産屋の方で手を入れておいてくれるはずだ。

俺達はその場で不動産屋と別れ、近くを散策することにした。

屋敷だけでなく環境も重要だから。

歩きながら、周囲の屋敷を見て回る。同じくらいの建物が続き、治安もよさそうだ。

「アルカムはあの屋敷気に入ったんだろう？」

大通りへ出ると、エディアールが話しかけてきた。

「ん？　ああ、いいなと思ったけど」

「だったら決めよう。あそこにする」

「エディアールは気に入ったのか？」

「お前が気に入ればそれでいいさ。俺は寝られればいいだけだから」

「まったく……。自分の住む家なんだから、ちゃんと考えろよ」

軽く叱ると、彼は笑った。

「考えてるさ。一番遊びに来るヤツが気に入るかどうかってな」

「一番遊びに来るヤツじゃなくて、住む人が問題だろ」

「寝室が大きくて気に入った。ああ、そうだあそこを借りることは暫く誰にも言うなよ」

「寮を出る時には言わなきゃダメだろう？」

「一人住まいだなんて知られたら、あっと言う間に騎士の溜まり場にされる」

王城に近く家人に迷惑のかからない一軒家。うん、確かにそうなるだろう。

「俺達二人だけの秘密だ」

目を細めて笑いかけられ、肩を組まれる。

顔が近過ぎるだろ。

距離感、バグってるよな。でもそれを注意するのもおかしい気がするから、何も言わないけどこの笑顔が心臓に悪い。

男同士の親友なんだからこのくらい当たり前なのかもしれないけど、ここまでされたら『愛されてる』って誤解しても仕方ないよな。

「人目があるから、ベタベタするな」

暫くそのままで歩いていたが、心臓のドキドキが耐えられなくなって、俺はエディアールの顔をグイッと押しやった。

「歩き辛いだろ」

「ああ、悪い。今日は付き合わせたお詫びにメシでも奢ろう」

離れる時、彼はまた俺の髪に触れ、零れる髪を耳に掛けた。

ううっ、だからこういうことをされると誤解するんだって。

誤解なんだ。決して深い意味はないんだ。誤解した結果はわかってるんだから、無視するべきだ。

……っていう心の葛藤を、俺はきっと一生続けていくんだろう。

結局、エディアールはあの三軒目の屋敷を買い上げることになった。

というか父親の侯爵が。

エディアールの話によると、契約の前に侯爵は本当に屋敷を訪れたらしい。

何事にも頓着のない息子が適当な家を買うのではないかと心配したらしい。

跡継ぎではないにしても、いずれ預かり爵位の一つでも譲ろうと思っていたし、長男以外に冷たい仕打ちをすると思われては侯爵家の名折れ。貴族であり、侯爵の息子に買い与える屋敷として相応しいかどうかを検分しに来たらしい。

俺としては不動産屋に嘘をついたことにならなくて少しホッとした。

屋敷を検分した侯爵は、思っていたよりもちゃんとした屋敷に安堵し、購入を決定した。

「お前にしてはいいところを選んだと言われたから、アルカムに選んで貰ったと教えたら、お前に感謝してたよ」

とはエディアールの言葉。

本当にね。

エディアールが一人で決めてたら、賄い付きのアパートで済ませていたかもしれない。我ながら悪くない仕事をしたとは思う。

それに、エディアールの父親に、俺が彼の側にいる価値があると思ってもらえるのはありがたい。

家具の買い付けは、侯爵夫人がするらしい。

エディアールは嫌がったが、侯爵夫人がご贔屓《ひいき》の商会とのお付き合いとしたいからということで押し切ったらしい。

侯爵夫人が吟味してくれるなら、きっと上手くやってくれるだろう。

エディアールに任せていたら、騎士団の寮みたいな味も素っ気もない無骨な家具になるだろうから、その方がいい。

「母上が拘《こだわ》って選んでるから、引っ越しは少し先になるだろうな」

「急いでないなら、別にいいだろう？」

「まあな」

家を出る息子にちゃんとしてやりたいという親心と、侯爵家の沽券《こけん》で、きっと素晴らしい屋敷になるだろう。

早く立派になった屋敷を見てみたいものだが、俺の方も急に忙しくなってきたので、それは暫く先のことになるだろう。

例のラーメルとの和平協定が締結するのだ。

戦争というほどではないが、領土侵略であることに違いはない。

しかも国が傭兵を使ってちょっかい掛けたのがバレてるのだ、国としてのメンツは丸潰れだろう。

終戦はあっけなかったが、その事後処理には時間がかかるのも当然だ。

周辺諸国に、自国の軍隊ではなくゴロツキ傭兵を雇ってちょっかい出したなんて、自国の軍隊は役に立たない、もしくは自国の軍隊にそっぽを向かれたと言っているようなもの。

国力の低下、国王の統治力の低下を疑われる。

なのでまず、使者がやってきて、内々に収めてくれないかと頭を下げてきた。

もちろん、そんな簡単に許してやるわけがない。

我が国王陛下《へいか》は突っぱね、一昨日《おととい》来いと使者を叩き出した。

綺麗に終わらせたいなら、正式な謝罪と使節団を送り、詫びを持って来いということだ。

俺は外交畑に所属しているので、使節団がやって来ることが決まると途端に忙しくなってしまった。

もちろんラーメルの使節団との交渉に立ち会うにはまだ俺は若輩で、立ち会いにはマロウさんが向かう。

だが上司が抜けるので、部下である俺の仕事が増える、ということだ。

「ラーメル、もうダメかもな」

職場で書類を整理していると、マロウさんがポソリと呟いた。

今はマロウさんの執務室なので、二人きりだからアブナイ会話もできる。これが壁一枚向こう側の事務室だと人も多いし誰が聞いてるかわからないから政治的な会話はＮＧだ。

「新王の迷走というか暴走で、国内は更に荒れただろう」

その言葉に俺も頷いた。

「ですよね。いいとこ見せようとして失敗するなんて、愚の骨頂ですよ」

「陛下は水面下で王弟《おうてい》派と接触を図るらしい」

「王弟ですか。でもまだ十四歳でしょう？」

「王弟を抱えている貴族達が相手だろうな」

ラーメルか……。

失敗続きだったサルマン王ってどうなったっけ？

確か使節団も揉め事起こして交渉がかなり不利になったはず。

あの後、どんな揉め事だったか思い出そうとしたが、俺は経理だったから結局はっきりしたことはわからなかったんだよな。

もしかしたら秘密にされてたのかも。

ただやらかしたことはやらかしたので、謝罪金はたんまり貰えて経理は大喜びだったのは覚えている。

でもその謝罪金で国は傾かなかった。

確かサルマンはこの一件の後、暫くはおとなしくしてたんだよな。

「短期間に王がコロコロ替わるのは望ましくないから、王弟派も暫くは静観するんじゃないですか？」

「政変が起きるとしてももう少し後、か」

「我が国の力を借りてまで王位は狙わないでしょう。交替劇が成功してもその後に他国の支配力が増すなんて嫌でしょうから」

「うちとしてはそれを望みたいだろうけどな」

「うちに王女がいれば婚姻を迫ることもできるでしょうが、まだ王子一人ですからね。それにラーメルにそれほどの旨みはないでしょうし」

「それでも、隣国が安定してくれればありがたい」

「少なくとも二年はこのままだと思います」

俺が死んだ時にも、ラーメルの王はサルマンだったはずだ。

でもその後はわからない。

「そう思う理由は？」

「やらかしたことを反省するかと」

「そうなってくれればいいけど」

「王弟派がいるとわかってれば、足元が崩れるようなことはしないでしょう。内政に目を向けるのでは？」

俺が言うと、マロウさんは苦笑した。

「王弟派がいると気づけばね。弟がまだ子供だからと安心するかもしれないぞ？」

サルマンはマロウさんに王として信用されてないな。

まあ、俺も同感だけど。

「でもう駒がないでしょう。今回のゴタゴタにしても王立軍が動かなかったんですから」

「……だな」

あんまり政治のことに首を突っ込みたくないのだが、外交部に在籍する限りそうはいかないだろう。

「明日には使節団が到着するから、君も同席して顔だけは覚えておきなさい」

「はい」

「挨拶が済んだら、こちらの業務を続けてくれ。私が席を外すことになるから、後のことは頼んだよ、アルカム」

「精一杯頑張ります」

「君なら出来るとわかっているから安心だけどね」

そう言って、上司は微笑みながら俺の肩を叩いた。

その信頼が、とても嬉しかった。


ラーメルからの使節団は、国王代理として先王の弟、つまり現王の叔父である公爵を筆頭として十五人がやって来た。

侯爵などの高位貴族と、書類を整える法律家と文官だ。

その他に護衛の騎士と侍従が同行しているのでかなりの人数となる。

国王陛下との謁見《えっけん》は騎士や侍従の同席が許されないので、使節団だけが拝謁する。

こちらは宰相《さいしょう》と大臣、それにマロウさん達外交系の文官だ。

俺はマロウさんの後ろに控えているだけで、挨拶はしなかった。

取り敢えず、将来上位文官になる可能性があるから、外国の賓客《ひんきゃく》の顔と名前を頭に入れておいた方がいいだろうということで列席したに過ぎない。

なので、一通りの挨拶が終わると同じような立場の文官達と謁見室を辞した。

和平交渉というか、戦後処理というかについての話し合いに参加する権利はない。

取り敢えず王の叔父である侯爵の来訪とあって、礼儀として明日は夜会が開かれ、その後に本格的な交渉だ。

互いに条件を提案し、納得したら調印となる。

ただきっと長くかかるだろう。

何せ、こちらとしては全く非がない。だから強気でいける。

けれど相手としては当然なるべく支払うものを少なくしたい。

更に互いの国のメンツもあるし、これからのことも話し合わなければならないので、来ました、約束します、ハイさようなら、とはいかないのだ。

でも俺には関係ないことだけど。

多少中心に近い部分にいるとはいえ、前回同様無関係のまま終わるだろう。

ラーメルとのことはいいとして、マロウさんがいない間に他の国との書類を纏めなければいけないので、忙しいのは忙しいのだ。

偶然城内ですれ違った時に聞いてみたら、エディアールは騎士として一応外国から来賓である使節団の警護に当たるようだ。

新しい家のことは母親に任せたままで、取り敢えず厨房と浴室と寝室だけはすぐに使えるようにしてもらったらしいが、未だそこで寝起きすることはないと言っていた。

仕事に向かう途中だった彼の礼装用の騎士服姿、かっこよかった……。

到着翌日の夜会は、事情を考えると当然なのだが、あまり華やかなものではなかった。

俺は仕事とパートナー不在を理由に欠席した。

実際マロウさんは優秀で、彼が抜けた穴を埋めるのは大変なのだが、夜会が苦手だということもある。

俺が伯爵家を継ぐと思って娘を紹介しようとする人々に、『本当は義弟が継ぐので、俺は爵位無しになります』とは言えない。

近寄って来る女性達も、俺が次期伯爵だから声を掛けるのだろうと思うと、申し訳なくて相手にするのも憚《はばか》られる。

父に見つかれば、軍部の重鎮への挨拶に引き回され、その度に『頼りなく、騎士になれなかった息子』として貶《おとし》められるような言葉を聞かされるのも辛いし。父にそんな風に言われる俺に向けられる同情の視線も辛かった。

人付き合いが悪い方ではないが、そんな訳で夜会では人に会いたくなかったのだ。

マロウさんにモテるだろうと言われたけれど、貴族の『モテ』は立場に対するもの。

無爵になった時なら相手の好意を信じられるかもしれないが、今は好意を向けられても辛いだけだ。

というか、女性と付き合ったり結婚するつもりもない。

無爵になったら結婚しないで済むだろう。

俺は落馬に因《よ》る死を免れて長生きしたとしても、結婚はしないでエディアールを『推し』として眺めるだけにしておこう。

もちろん、告白もしないで。

自分の方が、早くどこか新しい家を探さないと。

やっぱり賄い付きのアパートかな……。

とりとめもなくそんなことを考えてるうちに、夜会の夜は過ぎていった。

翌日からは、我が国とラーメルとの本格的交渉が始まる。

城内の空気は少しピリピリしていたが、特に変わったことは起きなかった。

夕方、執務室に戻ってきたマロウさんに尋ねると、交渉の内容を教えてもらえた。

先王の叔父である使節団の団長の公爵は、戦ったのは国の兵士ではないの一点張り。傭兵を雇ったのは確かだが、国対国の戦争ではなかった。たかが小競り合いではないかと主張。

一方我が国は傭兵との雇用契約の書類が見つかった以上、国が兵を動かしたことに違いはない。

国境沿いの村への補償を含め、謝罪金を要求すると譲らない。

取り敢えず、過去の戦後補償などの例を調べてそれに準じることにしようとなったが、過去に傭兵だけで戦争を行った事例がないから面倒だと零していた。

「国軍の一人でも越境してくれてればよかったのに」

なんて、物騒なことも言っていた。

「王立書庫の立ち入りを許可していただければ、俺も調べてみましょうか？」

疲れた上司を気遣ってそう言うと、マロウさんはすぐに許可を取ってくれた。

それは、俺が調べ物をする時間が取れるくらい、この交渉が長引きそうだと上司が感じていることの表れだった。


使節団到着から五日目。

やはり交渉は長引き、公爵と文官達は母国からの連絡待ちと資料検討のために与えられた室内に籠もっていたが、使節団の箔《はく》付けのために同行した貴族は物見遊山《ものみゆさん》とばかりに城内を歩き、その姿をちらほらと見かけるようになった。

もちろん、彼等が出歩けるのは下位貴族が歩ける程度の場所だ。

それでも、迷惑だなと思った。

同行貴族は他国の者といえど上位貴族、何かあった時には対処に困る。

ラーメルの貴族が問題を起こしても、我が国の貴族が何かしでかしても、今の状態では交渉に影響が出るのは必至だからだ。

今日も、既に一人見かけていた。

城内の商店で店員にあれこれ質問をする無骨な男。

あれは確かゲイル侯爵だったか。

調べたところ、王立軍を動かすことに反対していた人らしいので、放っておいても問題はないだろう。

彼が同行したのは、きっと王立軍に戦意はなかったと証言させるためだ。その説明が済んでしまったので、他国の情勢に興味を持って調べているというところか。

王立書庫へ向かう途中、通路を曲がったところでもまた一人見つけてしまった。

あれはノドン侯爵だな。

若い彼が同行した理由は、彼がこの国に留学したことがあったからだ。

触らぬ神に祟り無しとばかりに、踏み出しかけた足を戻して角に隠れる。

その時、ノドン侯爵の向こうにもう一人の姿が見えた。

取り敢えず誰と一緒に行動しているのかを確認しようとした時、その相手に気づいてハッとした。

「ユリウス・クトルム……」

黒髪で、少し鷲《わし》っ鼻《ぱな》だが男らしい整った顔立ちの男は、男色家で強引な行動に出るクトルム伯爵の息子だ。

二人は何事かを話し合ってはいるが、ここまで会話の内容は届かない。だが悪い雰囲気ではない。

とはいえ、あのユリウス・クトルムだ。

俺はもう一度ノドン侯爵を見た。

少し肌の色の濃い侯爵は、スレンダーで、たれ目が色っぽいと言えなくもない顔立ち。

これって、マズイんじゃないだろうか？

背中に冷たい汗が流れた。

もしも、ユリウスが使節団の、しかも他国の侯爵を襲ったりしたら……。

俺はしっかり姿を隠して二人の様子を窺《うかが》った。

ユリウスはノドン侯爵の肩に手を置き、嬉しそうな笑顔を浮かべている。

ノドン侯爵は肩に置かれた手を嫌がっているようには見えない。

頼むから、頼むからこのまま別れてくれ。ただの挨拶程度であってくれ。

そう願っていたのに、二人は近くの小部屋に連れ立って入っていった。

ここいらの小部屋は来客の休憩室。

ただ休むために入ったと言われればそれまでだが、俺はユリウスが事件を起こしたことを知っている。

「ああ、もうっ！」

国の大事件の最中に何をやってるんだ、あの男は！

辺りを見回すと、離れたところに一人のメイドの姿が見えた。

俺はダッシュで彼女に駆け寄り、声を掛けた。

「君」

突然貴族の男性に駆け寄られて声を掛けられ、彼女はビクッと身体を震わせた。その顔が緊張で真っ赤に染まる。

「すまないが、大至急伝言を頼まれてくれないか？」

「あの……、私は仕事中で」

「わかっているが、重要なことなんだ。すぐに騎士団に行って、エリック殿かエディアール殿に、ユリウス・クトルムが動いたと伝えてくれ。二人が見つからなければ騎士の誰でもいいから二人にそう伝えるように。とても重要なことだ、とアルカム・レイムンドが言ったと」

「騎士様に……」

「復唱して」

「ア……、アルカム・レイムンド様から騎士のエリック様かエディアール様に、ユリウス・クトルムト様が動いたとお伝えする……」

「そうだ。場所はひよどりの回廊の小部屋。扉の前に書類を置いておく」

「ば……、場所はひよどりの回廊。扉の前に書類、でございますね？」

「ありがとう。君はとても優秀なメイドだ。頼んだよ。さ、行って。走ってもいいから」

俺が言うと、彼女はまだ赤い顔をしながらしっかりと頷き、走り出した。

城内で働く者は走ってはいけないことになっている。なのに彼女が走って行ってくれたことで、この伝言はちゃんと伝わるだろうと安心した。

とって返して、先程二人が消えた部屋へ向かう。

どうか、親切な人が拾ったりしませんようにと願いながら、目印代わりに手にしていた書類を扉の横に置いた。

ノックすべきだろうか？

嫌、それで部屋にカギを掛けられたら踏み込めなくなる。

一瞬の躊躇《ちゅうちょ》の後、俺は思い切って扉を開けた。

「失礼します」

ああ……、やっぱり。

ユリウスはノドン侯爵を長椅子に押し倒した状態でこちらを見た。

「……何をなさっているのですか、クトルム殿」

「これは、これは、麗しの文官殿じゃないか」

俺のことを知ってるのか？

「何をなさってるのか伺っているのですが」

重ねて尋ねると、彼はにこにこしながら身体を起こした。

今のうちにノドン侯爵が逃げてくれればいいのに、と思ったが、侯爵は危機感がなかったのか、そのまま椅子に座り直しただけだった。

「ユリウス殿、こちらは？」

なんて呑気に訊《き》いてくる。

「アルカム・レイムンド小伯爵ですよ。文官としての才能もさることながら、その麗しいお姿でとても有名な方です」

「うむ、確かにとても麗しい」

何をにっこり笑ってるんだ。押し倒されていたんだから逃げるべきだろう。

「何をしていたのかとお尋ねでしたね、レイムンド殿。ユリウス殿とはこちらに留学中にお世話になっていたので、旧交を温めていたのですよ」

「そう。我々は友人なんです」

ユリウスはスッと立ち上がり素早く俺の背後に回り扉を閉めた。

「クトルム殿?」

カチリ、とカギが掛かる音がして嫌な予感がする。

「レイムンド殿、よければご一緒しませんか?　是非あなたとはお近づきになりたい」

警戒心のないノドン侯爵の笑顔も、何か企んでるように見えてしまう。

「……いえ、お二人が友人で、何の問題もないのでしたら失礼させていただきます」

「そうおっしゃらずに」

ノドン侯爵が立ち上がった瞬間、背後にいたユリウスが俺の両腕を掴んだ。

「クトルム殿!」

「いやあ、前々からあなたとは親しくしたかったんですよ。あのおっかない騎士がウロウロしてるんで近づけなかったが、自分から飛び込んできてくれるとは」

「何を言ってるんです！」

「これは使節団に対する接待、ということですかね？」

にこっと笑ったノドン侯爵の顔を見て、俺は理解した。

しまった、侯爵も同好の士だったのか、と。

つまり、二人は合意の上でこの部屋にしけこんでたわけだ。

「離してください！　私はそっちの趣味はありません！」

「未だ婚約者も決まっていないのは、そういうことではないのですか？」

耳元でユリウスが囁く。

「こんなにか細く美しいあなただ、さぞや色っぽい姿を見せてくれるでしょう」

「ユリウス殿、初めてだとしたら二人を相手にするのは辛いのでは？」

「では初めては閣下にお譲りしましょう。なに、私はそれを見るのも楽しいですから」

「それは痛み入る」

近づいてきたノドン侯爵が俺に手を伸ばす。

マジか！

冗談じゃない。

俺はエディアール一筋だ！　こんなところで花を散らしてなるもんか。

「離せ！」

騎士として重たい剣を振るうことは無理だったが、決して体術などを習得していないわけではない。

現代では授業で柔道も習っていた。

なので、しゃがむようにして背後から掴んでいたユリウスの腕から逃れ、そのまま彼の足を払う。

「っと！」

倒れるまではいかなかったが、バランスは崩したユリウスを避けて扉に向かう。

だが背後から長い髪を掴まれ、動きが止まった。掴んだのはノドン侯爵だ。

「侯爵！」

「見かけのわりにはよい動きだ。その身体もきっと引き締まって美しいのだろう」

甘ったるい、ゾゾッとするような声。

反射的に振り向いて髪を掴んでいた侯爵の腕を払う。

相手が他国の貴族でもかまうものかとばかりにその腹に膝蹴《ひざげ》りを食らわす。

だが予測していたのか身体を引かれ、当たりはしたがダメージは与えられなかった。

「やってくれるな、腐っても騎士の息子か」

再び近づいてくるユリウスにも蹴りをくれる。が、これも避けられた。どうやら二人共まあまあ動けるらしい。もしかしたら、こういう抵抗に慣れてるのかもしれない。

俺が抵抗できる力があるとわかったからか、二人は距離を取って近づこうとしないまま、睨み合った。

扉はすぐそこだ。

だがカギを開けて扉を開けるためには彼等に背を向けることになる。

メイドは二人を、騎士を、見つけることができただろうか。二人は俺の言葉の意味に気づいてくれただろうか。

睨み合ってる間誰かが駆けつけてくれることを期待した。

でなければここで強姦３Ｐだ。何があってもそれだけは阻止したい。でなければ執念と呼べるほど今日まで守り続けた純潔が無意味になってしまう。

これほどアホな話があるか。

「ユリウス殿」

ノドン侯爵がにこっと笑ってその名を呼んだ。

呼ばれたユリウスが答えるように、にやりと笑い……、剣を抜いた。

「多少動けるかもしれないが、剣の前では無意味だよ」

城内の奥向きでは帯剣は禁止されているが、外向きでは許可されている。貴族であるユリウスが帯剣していることは不思議ではない。

だが俺は文官なので剣は下げていなかった。

きらりと光る剣先に身体は強《こわ》ばるが、父親に何度も剣を向けられたことがある身に恐怖はなかった。

それに、他国の貴族であるノドン侯爵は帯剣を許されていない。二人に剣を向けられては打つ手がないが、ユリウスだけなら何とか……。

勝たなくてもいいのだ。逃げられるだけで。

スッと近づく剣に身体を引く。

逃げる先を誘導され、扉から離される。

剣を睨みつけながら、俺は腕で剣を横から殴りつけた。

「つ！」

剣は縦に刃が付いているが、横はただの平たい金属の棒だ。殴っても傷は負わない。

握りの開いている方向に強い力を加えれば剣を取り落とさせることができる。しかしユリウスは握力があったのか、取り落とさせるところまではいかなかった。

「暴れるな、傷を付けたくはない」

握り直し、もう一度俺に剣を向け、足を狙われた。

しかも動きの少ない太股の辺りを。

「ッ！」

ズボンに切れ込みが入り、そこから赤いものが滲《にじ》む。

ざっくりではないが、切られた。痛みに足が止まると、ノドン侯爵が背後から俺の首に飛びついた。

首を締められると思った瞬間、甘酸っぱい匂いが鼻孔《びこう》一杯に広がる。次の瞬間、ガンと頭を殴られるような衝撃が頭の内側から与えられた。

「……うっ」

目の前には、鼻に突き付けられたガラスの瓶が見えた。

咄嗟《とっさ》にそれを掴み、ノドン侯爵の手から奪う。

けれど既に遅かった。

「意識のない間にするのは好みじゃないけど、最初はそれで我慢しよう。目が覚めて、もう逃げられないとわかってからゆっくりすればいいし」

目眩《めまい》がする。

「ほう、これが言ってた例の薬ですか」

頭がガンガンして視界が霞《かす》む。

「ええ。即効性が高いので、暴れる前に意識が奪えます」

二人の声が、くぐもって聞こえる。

「後遺症は？」

「ないですね。効果は一時間ほどです」

「催淫性《さいいん》は？」

「残念ながらありません。それはこちらの薬です」

「ではそれを」

「まあまあ。今嗅《か》がせても意識を失うのだからもったいないですよ。目が覚めた時に使いましょう」

勝手なことを、と怒鳴りたいが、力が抜けてその場にへたり込んでしまう。

「まだ意識のあるうちに、少し遊んでもいいですね」

色のついた手が、多分ノドン侯爵の手が、俺に伸びてきて前屈みに座り込んでいた身体を強く押した。

ぐらりと揺れて、仰向けに倒される。

「……さわ……な」

「いいですね。まだ意識がある」

手は俺の服に掛かり、ボタンを外した。

上着の前が開くと剣が伸びてきて下のシャツのボタンを弾いた。

「ああ、やっぱり筋肉が付いてる。顔が美しくてもブヨブヨの身体ではその気になりませんよね」

シャツの中に手が入って来る。

胸を撫でられているようだが、感覚はなかった。

ダメだ。意識が遠のく。

「まさかキスも初めてじゃないよね？」

たれ目の顔が近づいて来る。

まさかで悪かったな。ファーストキスもまだだよ。そしてそれはお前になんかくれてやるもんか。

身体に残った僅《わず》かな力を振り絞って、キス顔で近づいてきた顔に頭突きを食らわす。

ドガン、とすごい音がした。

……ドガン？

「アルカム！」

声……。

絶対に聞き間違えない、最愛の人の声。

「エディ……」

その名を呼ぼうとして、俺の意識は遠のいた。

「待て、殺すな！　アルカム殿を助けるのが先だ！」

「ラーメルの貴族ですよ！」

「捕縛！　捕縛！　エディアールが殺す前に捕縛しろっ！」

騒がしいな、と思いながら……。


そりゃね、成人男子ですから性欲はありましたよ。

自慰ぐらいはしたさ。

でも、どうしても他人と肌を重ねることはできなかった。

前世のこの世界でも、現代でも、そういう気持ちになったのはエディアールただ一人だったから。

性に奔放な現代で、グラビアやAVを見ても、『うわー』とは思ったけれど、すぐに自分はエディアールとこういうことをしたかったのかな、と想像して落ち込んだだけだった。

だからこそ、死んでも、他国の貴族を害しても、キスも初体験も他のヤツとするのは許せなかった。

望みがゼロでも、やっぱりそれは彼に捧げたかった。

……バカだと思うけど。

唇に優しく触れる柔らかな感触を覚えて意識がはっきりとしてくる。

キスってこういうものなのかも。

でも誰とのキス？

まさか……！

「止めろ！」

ガバッと起き上がると、まだ残る頭の痛みに再び倒れ込む。

「う……っ」

呻《うめ》く俺の視界にエディアールの顔が飛び込んできた。

「アルカム！」

「エディアール……？」

「大丈夫だ。もう大丈夫だから」

言いながら、彼はベッドに横たわる俺を抱き締めた。

「エディアール……」

「ここは俺のタウンハウスだ。俺しかいないから安心しろ」

強く抱き締められ、彼の香りに包まれ、力が抜ける。

これは夢か、願望か？

いや、逞《たくま》しい彼の腕はしっかりと俺の身体を捕らえている。現実だ。

はっきりしてきた頭で彼の言葉を思い返してみる。大丈夫？　タウンハウス？　じゃあもうヤツ等はいないのか？

「もう大丈夫だ」

彼がもう一度繰り返した。

ということは、逃げ切れたのか？　それとも、されちゃってから発見されたのか？　最後にエディアールの声を聞いたのは幻聴だった？

「俺は……、何もされなかった……？」

怯々《おびおび》と問うと、彼は興奮して叫んだ。

「当たり前だ！」

覆いかぶさったまま、子供にするように額《ひたい》に口付けてくる。

耳にも、頬にも、キスされる。

正確にはキスというより、抱擁したら唇が当たってるという程度のものだけど。

でもエディアールのキスだ！

慰めるためだろうが、その事実に顔が熱くなる。

「俺達が踏み込んだ時、お前はノドンに頭突きを食らわせたところだった。シャツははだけていたが、それ以外は何もされてない。脚の傷も治療済みだ」

意識を失う直前に聞いたのは、やっぱりエディアールの声だったのか。

ならば危機一髪、何もされてなかっただろう。

「本当に無事でよかった……」

彼はもう一度、俺の額にキスしてから、倒れ込むように俺の隣でベッドに沈んだ。

「エ……、エディアール……」

近い、近い。

頬が擦れ合って、体温が直に伝わる。耳に彼の吐息がかかる。これはマズイだろう。

「あ……、エディアール。み……水が飲みたいんだけど」

「水か、待ってろ」

まるで命令を受けた忠犬のように、彼はガバッと身体を起こすと部屋から飛び出した。

その後ろ姿を見て、ほうっと息を吐く。

何だよ……、今の。

顔面爆発しそうなくらい熱い。

キスだぞ、キス。そりゃ唇じゃなかったけど、エディアールの唇が俺に触れたんだ。

しかもベッドに添い寝。

いや、ただ単に覆いかぶさっただけだけど。

心を落ち着かせるために周囲を見ると、壁紙は新しくなってるし、天井にも花の絵が描かれてる。天井に絵がある部屋なんて内見の時にはなかったから、きっと侯爵夫人が描かせたのだろう。

俺が寝てるベッドだって、ふかふかだ。

「アルカム、水だ」

水の入ったコップを持ったエディアールが戻ってきて、ベッドに腰を下ろしてそれを差し出す。

「あ、ありがとう」

ゆっくりと身体を起こしてコップを受け取り、口を付ける。水は井戸から汲《く》んだのか、冷たくて喉《のど》に心地よかった。

それでやっと少しだけ落ち着いた。

「メイドの伝言、聞いてくれたんだな？」

「ああ」

「助けてくれてありがとう」

「薬を使われたそうだな？」

エディアールの方も落ち着いたのか、声がいつものトーンに戻っている。もう俺に触れてくる気はないようだ。

残念だけど安堵する。

「悪いが、何があったか話してくれるか？　団長に聞き取りは俺がして報告書を出すと約束してお前を引き取ってきたんだ」

「ここは……、あのタウンハウス？」

「ああ。寝室は使えるようにしてあったから。その……、お前の家に運ぶとまたおじさんが何か言いそうだから」

「そうだな。レイムンド家の息子が薬品を使われた上に意識を失うなんて、父上にしたら恥以外の何ものでもないものな」

負けるな、それだけが父の命令だ。

二人がかりでも、剣や薬を使われても、相手が他国の貴族でも、意識を失い膝をついたことは負けだ。まして男色家に襲われたなど、未遂でも腹を立てるだろう。

「アルカム？」

「ありがとう、気を遣ってくれて。それじゃ説明するよ」

俺は順を追って今回の出来事を説明した。

廊下で偶然二人を見つけたこと、悪い噂のあるユリウスがノドン侯爵と部屋に消えたので、二人の関係を知らなかったからエディアールに伝えるようにメイドを送り出した。それから部屋に踏み込んだこと。

けれど二人は旧知の仲で、そういう嗜好の同志だったらしく、自分を襲ってきたこと。

抵抗はしたが、ユリウスが剣を抜き、ノドン侯爵が薬を使ったこと。

意識を失う前にキスを迫られたので頭突きをして逃れたこと。

エディアールは、最初の方こそ黙って聞いていたが、ユリウスが剣を抜いたと聞いて顔を引きつらせ、ノドン侯爵が薬を使ったと聞くと怒りを露《あらわ》にした。

更にキスを迫られたことと、催淫剤を取り出したことを伝えた時には全身から炎を噴き出さんばかりのオーラを滲ませていた。

「何だそれは！」

「エディアール、落ち着いて」

他人が怒ると冷静になるとはよく言ったものだ。俺も怒ってはいたが、今は彼を落ち着かせることに必死だった。

「結果としては無傷だったし、最悪の事態は回避できたから」

「服を脱がされかけただろう」

「上半身だけだし、男だから」

「男だからと許されるわけじゃない！　それに催淫剤だと？　何と卑劣な！」

「咄嗟に奪って使わせなかったから」

「使われてたら殺す！」

うん、うん。正義の人としてはそうだろう。

「それで、俺は多分お前が飛び込んで来たと同時に意識を失ったと思うんだけど、そっちはどうだったんだ？　あの二人は？」

「クトルムもノドンも捕縛された。現行犯だ、誰にも文句は言わせない」

「いや、もっと詳しく聞きたいんだけど」

落ち着かせるためか、彼は長い息を吐いた。

「メイドはエリックに伝言を伝えて、エリックが俺を呼びに来たので、騎士数人と部屋に向かった。部屋の扉はカギが掛かっていたので蹴破った。クトルムが剣を抜いていたから、俺も剣を抜いた」

殺すな、という声を聞いたのは幻聴じゃなかったのか。

「ノドンは鼻から血を流していた」

俺の頭突きのせいだな。

「エリックはクトルムの所業を知っていたので、何があったかを把握し、すぐに二人を捕縛した。アルカムが握っていたのとは別に、部屋には半分ほど液体が入った瓶が転がっていた。それが証拠となったので、彼等は今牢屋に入っている。ノドンが罪を犯したことは既にラーメルの使節団には伝えてある。それを理由に交渉はこちらの言う通りに進むだろうと団長は言っていたが、それで許されることではない」

交渉が有利に、か。

もしかしたら前回も同じことがあったのかも。被害者は俺ではなく。

だから『何があったか』は伏せられて、ただゴタゴタがあって謝罪金をふんだくることができたのかもしれない。

「一応アルカムのことは城の医師が診てくれたが、ただ意識を失っているだけだということで帰宅許可が出た。レイムンド家に連れて行くのが憚られたから、ここへ運んだんだ」

「そうか……」

彼はじっと俺を見ると、また抱き着いてきた。

「お前が無事でよかった……」

肩に顔を埋《うず》め、ポソリと漏らす。

本当に心配してくれたんだな。

それは嬉しいけど、密着されるのは困る。

「それじゃ、もう大丈夫だから、家へ戻るよ」

彼の身体を押し戻してベッドから降りようと布団から脚を出した途端……、またすぐに引っ込めた。

だって、出てきたのが生脚だったのだ。

「エ……、エディアール、俺のズボンは？」

「ああ、傷の手当のために脱がせた」

「まさか、城から下半身丸出しで運んだのか？」

「そんなことするわけないだろう。他人にお前の脚を見せるなんて。馬車で移動する時にはちゃんと穿《は》いてたが、ベッドへ寝かせる時に脱がせた」

エディアールが俺のズボンを脱がせた？

「布が擦れると傷に障るだろう？」

いや、そんな曇りのない目で言われても。

確かに一理ある説明だけど。

「でも、その……、ズボンがないと……」

「着替えは後で持って来よう。俺は今の話を報告しに城へ戻らないといけないが、お前はもう暫く横になって休んでろ。何せわけのわからない薬を嗅がされたんだから」

離れた彼は、俺の頭を撫で、またいつものように横髪を耳に掛け微笑んだ。

「もう一度医師に診てもらった方がいいから連れてくる。その後でちゃんと馬車で送ろう」

「あ……、ありがとう」

何かもういっぱいいっぱいで、感謝の言葉を口にするしかできなかった。

「じゃあ、また後でな」

出て行く彼を見送った後、俺はベッドの中で悶絶した。

頭が処理しきれない。

額や頬にキスされ、身体を重ねて頬を擦り寄せられ、彼の家のベッドにいて、下半身を脱がされた。

他意がないのはわかってる。

彼が怒ったのも友情と彼の正義感からだ。

それでも、俺はジタバタせずにはいられなかった。

「もう頼むから、これ以上惚れさせないでくれ……！」

結果は失恋だってわかってるんだから……。


事件は思った通り関係者以外には伏せられた。

つまり、俺が襲われたことは公にはならなかった。

だが父には報告があがり、恐れていた通り耳が痛くなるほどの説教をされた。

曰《いわ》く、レイムンド家の嫡男として情けない。心構えがなっていない。危機感が薄い、不甲斐なさ過ぎる。

家に戻ってから医師に、他国で作られた薬だから後遺症が心配なので三日は休みを取るようにと言われたのだが、当然翌日には仕事に行かされた。

動けるなら働け、とのことで。

マロウさんは事情を説明されていて、父ほどではないが俺を叱った。

「だから、君は見目がよいのだから気を付けろと言っただろう」

もっとも、父と違って慰めてもくれたけれど。

エディアールからもお叱りは受けた。

「危険な人物とわかっているなら近づくな。ああいう時は一人で行動するな」

俺としては、踏み込んだ時には他国の貴族が毒牙《どくが》にかかると思っていたし、以前言われたようにちゃんとエディアールに報告はしていたので叱られるのは不本意だ。

だが心配してくれたのだから、黙っておとなしくした。

事件の犯人であるユリウスはクトルム伯爵家から勘当された。

以前から悪い噂があったことを苦々しく思っていたクトルム伯爵が息子を見限ったのだ。

事件が公にできないから国からの罰はなかったが、彼はこれから一文無しの平民として生きて行くだろう。

貴族の息子として生きてきた彼にとって、それは刑罰より厳しい結果になるんじゃないだろうか。

そしてノドン侯爵は本人爵位剥奪の上、侯爵家は取り潰しとなった。

彼以外に本家の人間がいなかったから若くして爵位を継いでいたのだ。その当主がやらかしては家を存続させる意味はないと判断したのだろう。

そしてノドン侯爵家の財産が全て、謝罪金として我が国へ支払われることになった。

これで国庫は痛まない。だから高額な謝罪金を支払ってもラーメルは傾かなかったのだ。

前回も同じ理由だったのだろう。

そして恥をかかされた使節団の団長、王の叔父である公爵は、元々甥《おい》のサルマンがしでかしたことが原因なので、国へ戻ってからサルマンをガッツリ締め上げたらしい。

サルマンにしても、まさかこんなことが起こるとは思っていなかっただろうから八つ当たりっぽくもあるが、確かに王の失策の結果だと言われてしまえばぐうの音《ね》も出まい。

これで数年はサルマンもおとなしくなるだろう。

これが切っ掛けで前回俺が死んだ後ぐらいに、公爵が王弟を擁《よう》して王位を狙うのかもしれないが。

今暫くは平穏だ。

エディアールのタウンハウスは母君の努力の甲斐あって、全面的に改装が行われ、俺も遊びに行った。

もちろん、騎士団の連中には場所は伏せたままだ。

俺が寝かされていたのが、夫婦の寝室の奥方の部屋であったことを知った時には、たとえ一時でも彼の奥さん扱いだったんだなと感慨に耽《ふけ》ったが、あれ以降は泊まることがないので一瞬の思い出だ。

客間が整えられたから泊まっていけばいいのにと言われたこともあるが、心臓に悪いので遠慮している。

一つ屋根の下、片想いの相手と二人きりなんて、苦行でしかない。

全てが終わって平穏な日々が戻り、今までと変わらない生活が戻ってきた。

俺は毎日王城へ通い、マロウさんと仕事をする。

エディアールと会って食事をしたり、酒を飲んだり。時には他の友人と出掛けたり。

このまま何事もなく切ない片想いを続け、いつかエディアールが迎える花嫁との幸福を見届けよう。

そう思っていたのだが……、俺は自分にとって一番大切な出来事が待っていることを忘れていた。

それを思い出したのは、仕事を終えて屋敷に戻った時だった。

仕事が手間取りいつもより少し遅く王城から屋敷へ戻った時、屋敷の前にズラリと馬車が並んでいることに驚いた。

自分の乗ってきた馬車が屋敷の玄関に近づけないほどの数だ。

御者が声掛けをすると、執事が出てきて停まっていた馬車を捌《さば》き、ようやく馬車を付けることができた。

「ただいま」

と執事に声を掛けると、老執事は明らかに困惑していた。

珍しい。いつもは冷静で無表情が標準装備なのに。

「この馬車は何だ？　父上のご友人か？」

「いえ、ご親族の皆様が……」

親族？

馬車を振り向いてよく見ると、馬車に刻まれた家紋は見覚えがあるものばかりだった。

どうして突然こんなに親族が……、と思ってすぐに思い当たった。

そうか、終にその時が来たのか。

「皆どこにいる？」

「皆さん応接間にお集まりです」

「そうか。父上も？」

「はい、先程お戻りになられましたので」

「着替えたらすぐに行く。夕食を食べていないので、俺には軽食を用意してくれ。望むかたがたにも。だが酒は出さないように」

「かしこまりました」

俺は二階の自分の部屋へ入り、文官の上着を脱いで部屋用の上着を羽織ると真っすぐ応接室へ向かった。

「ただ今戻りました」

応接室にはズラリと親族が集まっていた。

父の仕事上騎士が団体で訪れることが多かったので普通より広く、椅子も多い部屋なのだが、今はその椅子が殆《ほとん》ど埋まっている。

叔父のグラッセン子爵夫妻、伯母のメーワン男爵夫人とメーワン男爵、叔母のスマソン騎士伯夫人と夫のスマソン騎士伯。

父の従兄弟のフロワー氏とロンソン氏。二人は元騎士だが爵位はない。同行しているそれぞれの息子は現役の騎士だ。

ついでに言うなら、ここにいる男性陣は全員が騎士か元騎士だった。俺以外は。

そして父。

父は一人掛けの大きな椅子に座っていて、他の者は父に対面するように椅子を向けている。

俺が入ると、全員が不機嫌を隠さない顔でこちらに目を向けた。

「おかえりなさい、アルカム」

迎える言葉を口にしながらジロリと睨みつけてきたのは伯母のメーワン男爵夫人。父の姉に当たるので、強面《こわもて》の父にもガンガン意見できる女性だ。

「皆様お揃いでどうなさったんです？」

理由がわかっているのに問いかける。

このメンツが集まるのは『あの話題』しかない。

「あなた、ジュリエッタ・コモンを知ってるの？」

もちろん、知っていた。

だが空惚《そらとぼ》けて問い返した。

「ジュリエッタ？　知りません。伯母様のご友人ですか？」

伯母は俺に答える代わりに、父を睨みつけた。

「アルカムにも話していなかったの？」

「話す必要はない」

「アルカムはこの家の長男、いえ、跡取り息子なのよ。必要がないわけがないでしょう」

怒気を孕《はら》んだ声。

俺は部屋の隅から肘掛けのない椅子を持ってきて父の隣に座った。

すぐにメイドが軽食と茶を用意してくれる。

親族の元には既にお茶は用意されていたが、新しいものに替えられた。

「もしエルリックがゼルマン氏から聞かなければ、ずっと隠し通すつもりだったの？」

エルリックとは叔父の名で、ゼルマンとは父の同僚で親友。ちょっと酒癖は悪いが陽気なおじさんだ。

つまり、叔父が酒の席か何かでゼルマン氏から話を聞き、親族に連絡し、皆が押しかけてきたということだろう。

前とは違うな。

「伯母上、どういうことなのか俺にも説明してくれませんか？　そのジュリエッタというのはどなたなんです？」

差し出されたサンドイッチを摘まみながら、呑気に訊く。

伯母は目を吊り上げ、口を開いた。

「あなたの父親、アルダールの愛人よ。卑しい酒場の女よ」

「彼女は酒場の女ではない。宿屋で働いているだけだ」

「宿屋も酒場も大した変わりはないわ！　所詮は卑しい平民で、男に媚《こ》びを売る女でしょう」

「慎ましやかな女性だ。いかに姉さんといえど、彼女を愚弄することは許さない」

責められているのに落ち着いた口調で言い返す。

表情も憮然《ぶぜん》とはしているが、苛立った様子はない。自分は間違っていない、という態度だ。

「結婚している男性と関係を持つような女が慎ましやかなわけはないでしょう！」

「彼女とは結婚前からの付き合いだ」

「不潔だわ！」

貴族が愛人を持つことは推奨されないが、咎《とが》められるほどのことではない。暗黙の了解といったところだろう。

だがレイムンド家は騎士の一族であるだけに、親族一同潔癖だった。

正妻である伯母としては殊更《ことさら》許せないだろう。

「私は彼女と結婚するつもりだった。ミリアムとの結婚は家のためでしかない」

「よくもぬけぬけと」

「事実だ。私にとって妻はジュリエッタだけだ。ミリアムには誠意は尽くしたが愛情はなかった」

「アルダール！」

伯母の怒声が応接間に響き渡る。

伯母はワナワナと震え、それ以上言葉が出ないようだった。

代わって叔父が声を上げる。

「兄さんが結婚前から付き合っていた女性がいることは知ってたよ。その女性を愛しているというならそれもいい。だがその女性を正妻に迎えるというのは本当ですか？」

「本当だ」

「今更？」

「彼女とその息子にレイムンドの名を与えたいからだ」

「それがおかしいのよ！　平民が産んだ子供をこの家に迎えたいなんて。アルカムはどうなるの？　この子は侯爵の孫なのよ？　あなたの息子なのよ？」

「アルカムは騎士にはなれない。レイムンドの人間は騎士でなければならない」

何度も言われた言葉だが、まだ胸に刺さるな。

いらない子供、と言われてるみたいで。

「私はオリバーを跡継ぎにするつもりだ」

「アルダール！　いい加減にしなさい！」

「私の代で騎士の血を絶やせと言うのか！」

「それなら私達の家から養子を取ればいいでしょう」

それじゃ俺を弾くことに変わりはないじゃないか。伯母はとにかく平民の血をレイムンドに入れたくないだけだろう。

現代を経てきた俺としては、貴族だ平民だと拘る方がおかしいと思う。

両親が政略結婚だったのは確かだし、俺には厳しかったが父は母が亡くなるまで母を大切にしてくれていた。

無骨な父がずっと一人の女性を愛し続けていたというのなら、二人が結ばれたっていいじゃないかとも思う。

むしろ、母が亡くなってすぐにその女性を迎え入れなかったことを褒めるべきだ。それが父の『誠意』だったのだろう。

「アルカム、さっきから黙ったままだけれど、あなたはどうなの？　怒りなさいな。あなたを廃嫡《はいちゃく》すると言われてるようなものなのよ？」

俺は口の中のサンドイッチをお茶で流し込むと、伯母を見た。

「驚き過ぎて言葉がないだけです」

「そうよね。腹立たしいわよね」

「おじさん、アルカムが継がないなら俺に継がせてくださいよ。アルカムは意欲がないようだし、文官として身を立ててるんでしょう？　俺は隊に配属はされてませんが騎士団には所属してます。レイムンドの跡継ぎとしては資格があるのでは？」

フロワーの息子が立候補した。

俺、ここにいるんだけどね。

「お前達はもうレイムンドの人間ではない。他家に嫁いだ者に私の結婚や跡継ぎに関して口を挟む権利もない」

「兄さん！」

「アルダール！」

「おじさん！」

全員が異論の声を上げたが、父は彼等を睨んだだけだった。

前の時もこうだったよな。

あの時は父が自ら全員を集め、ジュリエッタとの結婚を宣言したんだった。当然集まった者、今と同じ人間が父に詰め寄っていた。

でも父は態度を変えなかった。

俺は自分が騎士になれない負い目があったし、父に見捨てられたと思って受け入れるしかなかった。

実際跡を継いでも女性と結婚するつもりがなかったので、この方がいいと考えたのだ。

「アルカム！　何とか言いなさい！」

「俺が騎士になれなかったことが全ての原因だと思います。父の腹立ちはよくわかるので、言うことはないのですが、伯母上達の気持ちもわかります。ですから俺から一つ提案があるのですが、どうでしょう」

「提案？」

「はい。俺がレイムンドの跡継ぎに相応しくないというのは俺が騎士になれないからでしょう。ですから、もしその女性の息子が騎士として相応しいのであれば、迎えるべきだと思います」

「何ですって？」

「たかが平民の子供が、騎士になれるわけがないだろう」

「もちろん、無条件というわけではありません。騎士になれるのならば、です。今度の剣技会の一般の部で優勝したら、認めてもいいんじゃないかな」

剣技会というのは、その名の通り剣で戦う大会だ。

騎士の部と一般の部に分かれて催され、騎士の部には騎士や兵士、正式登録された傭兵が参加する。つまりプロリーグだ。

一般の部はそういう戦闘的な肩書のない人間が参加するアマチュアリーグ。

どちらも貴族、平民にかかわらず参加できる。

一般の部で特別に実力を認められた者は軍に取り立てられ、中にはいきなり騎士団に入団できる者もいる。優勝者は即騎士団入団だ。

もしもオリバーが優勝すれば、その時点で騎士となり、何の地位もない平民ではなくなる。

「こういう言い方は女性には失礼でしょうが、ジュリエッタさんはもう随分なお年でしょう。妻としてこの家に迎え入れても子を成すことができるとは思えません。となれば子供はそのオリバーくん一人。そのオリバーくんが剣技会で優勝すれば騎士です。この家に迎え入れるには相応しい人間となります。伯母上達も異論はないのでは？」

伯母達は互いに顔を見合わせた。

もう一押しかな？

「もっとも、オリバーくんが優勝できるとは限りませんが。まあ、優勝できなければ父上も彼に跡を継がせることは諦めていただいて、然《しか》るべき親戚から養子を取ればいいでしょう」

俺は知っている。

オリバーが優勝できることを。もし今回は優勝できなかったとしても、その腕を認められるくらいの実力はあるだろう。

だが伯母達は知らない。

たかが平民の息子が剣技会で優勝なんてできるわけがないと思っているだろう。

「……そうね。剣技会で優勝するくらいの子なら、レイムンド家に入れてもいいかもしれないわね」

「これから子供を産めないというなら、同居するくらいは許してもいいのかも」

伯母達がボソボソと話し合う。

父は俺を見ていた。

睨んでいるわけではない。何を考えているのか探る目なのだろうか？　それとも、お前はオリバーの実力を知らないクセにと思っているのだろうか？

「父上。俺は父上がその条件を呑んでくださるなら、お二人をこの家に迎えることを受け入れます」

「……アルカム」

「伯母上達も、それならよろしいでしょう？」

一瞬の間はあったが、伯母は頷いた。

「……ええ、それならば認めてもいいわね」

「騎士の力があるなら、まあ」

「その代わり優勝ですよ」

「そうだ。優勝するまではこの家に呼ばないのなら」

全員が、不承不承《ふしょうぶしょう》ではあったが、俺の出した条件を呑んだ。

「よろしいですね？　父上」

「……いいだろう」

そして父も。

「では今夜は解散にしましょう。俺はこれからのことを話し合いたいので、父子二人だけにさせてください。……俺の複雑な気持ちをお察しいただけるならば」

少し俯いてそう告げると、伯母達は席を立った。

「そうね。アルカムはアルダールと話し合うべきだわ」

それを皮切りに、皆が立ち上がる。

「アルカムは文官として出世してるんだ。そう悲観しなくてもいいぞ」

「お前が騎士だったらな……」

憐《あわ》れむような視線を向け、彼等は出て行った。

メイドだけが残ったが、手で出て行くように促し、父と二人きりになる。

遠くで、馬車の動き出す音が聞こえる。

落としどころを見つけて安心したのだろう、ゴネて残る人間はいないようだ。

やがてそれも聞こえなくなり、部屋は静寂に包まれた。

「アルカム」

不機嫌な声で父が名を呼んだ。

「先程の提案はどういうつもりだ」

不満そうだな。

でもこちらも『生きてきた』年数としてはこの父よりも上だから、臆することはない。

「どういうって、そのままですよ。よい提案でしたでしょう？」

「お前が蹴落とそうとしても、オリバーはお前よりも優秀だ」

「でしょうね」

そんなことはわかっている。

「父上、明日になったら家を出てください」

「何だと？」

父は声を荒らげた。

「私を追い出すつもりなのか」

「まさか。現当主は父上です、追い出せるわけもありません。ですがオリバーが剣技会に出るまで、この屋敷に二人は呼べません。そう皆さんの前で約束しましたからね。けれど父上がジュリエッタ殿と共に暮らしてはいけないとは誰とも約束していません」

「アルカム？」

意味がわからないという目を向けた父に、俺は僅かに唇を歪めた。笑顔に見えるように。

「どうぞ、彼女の家へ移られてください。何なら、どこかにタウンハウスでも借りてお住まいになってもいいんじゃないですか？　できれば庭のある家がいいですね。オリバーは強いのでしょうが、確実に優勝できるというわけではありません。剣技会までの間、彼の稽古を付けたいでしょう？」

「アルカム……？」

前世では、最後まで父に認められたかった。愛されたかった。

でも今はもう違うんです。俺はただ平穏に生きたい。

「あなたが跡継ぎにしてもいいと言うなら、オリバーはかなりの実力なのでしょう。父上が鍛えればきっと優勝して騎士になりますよ」

「お前は……、お前はそれでいいのか？」

「俺は騎士にはなれませんでしたから」

騎士にはなりたかった。

騎士になれたら、父にはもっと愛されていただろうし、エディアールと共に騎士団に進むこともできた。

　でもなれなかったから。

「不甲斐ない息子の精一杯の親孝行とでも思ってください。義母と義弟と父上が幸福になれるお手伝いぐらいします」

「お前はオリバーが優勝すると思ってあんなことを言ったのか？　あの子達を追い出すためでなく」

　今度は明確に笑った。

「俺は父上の目を信じてます。あの条件をすんなり呑めるくらいオリバーには力があると見たのでしょう？　それならきっとそうなるでしょう。だからちゃんと稽古を付けて、盤石なものにしてください」

「……お前はどうする？」

「そうですね。家を出ようかな」

「出る必要はない。お前はレイムンドの人間だ」

「あなたからそんな言葉をいただけるとは思っていませんでした。けれどオリバーが跡を継いだら、俺は不要な人間です。母に似た容貌はジュリエッタ殿には不快でしょうし、先妻の長男が同居してはオリバーも心苦しいでしょう。いや、何より俺が面倒です」

ここで、手に入らなかったものを眺めるのも、気を遣う新しい家族とギクシャクして暮らすのも。

「そうですね、よろしかったらどこかに部屋を借りる資金だけでも出してください。これでも優秀な文官ですから、後の生活は安泰です」

エディアールのように立派な屋敷をポンと買ってもらえるほど我が家は裕福ではないから、部屋程度でいい。

金が貯まったら、自分の金で小さな家を買ってもいいけど。

「すぐには出て行きませんよ。オリバーも義母上も貴族の生活に慣れていないでしょうから、暫くは指南するつもりです。あなたがいない間に、二人の部屋を用意したり、義母上のための侍女を探したりしなくちゃいけませんしね。荒事《あらごと》は不得手ですが、家を回すことは多分父上より上手いですよ」

それだけ言うと、俺は立ち上がった。

「では、明日も仕事があるのでこれで失礼します。おやすみなさい」

ゆっくりと歩いたつもりだったが、俺が部屋を出るまで父からの『おやすみなさい』は貰えなかった。

可哀想な『アルカム』。父親にとってお前は愛情の対象ではなく、義務の対象だったのだ。

でもいい。

愛は自分の中にある。

好意なら家族以外からいっぱいもらっている。

ただ、家族愛にしても恋愛にしても、俺だけの『愛情』が手に入っていないだけで……。


父は、翌朝の朝食を終えると屋敷を出て行った。

事情を聞いた執事が心配そうな顔をしたが、「今生《こんじょう》の別れじゃないし、俺が言い出したんだよ」と言うと悲しそうな顔をしていた。

でもねえ、悲しくはないんだ。

寂しい、は少しはあるけど。それも既に過去の感情だ。

前世では、父は屋敷を出なかった。それでもオリバーは優勝した。

けれど今回はどうも展開が早い。

オリバーが剣技会に出るのはもっと後だった。だから今回すんなりと優勝できるかどうか不安になって父に稽古を付けさせるために送り出したのだ。

他のことを何も考えず、エディアールのことだけ思って生きていたい。

見ることしか許されないなら、見ていたい。

彼のタウンハウスに押しかけるのは無理だ。遊びに行くのはいいが暮らすことはできない。

『もしかして』の希望を抱くこともなく彼の側にいたら、苦しくて潰れてしまう。あの家で、彼の傍らに立つのは彼の花嫁だけだ。

彼の妻や子供に嫉妬しないように、適度な距離を置いて。それでもやっぱり彼の一番の友人でいたい。

どうにもならなくなったら、地方への転勤を申し出てもいいかも。

時々王都を訪れる親友。

その程度でいいだろう。

父が出て行ってから、俺は執事に母の部屋を片付けるように命じた。

この家には女性がいなかったのでそのままにしていたが、ジュリエッタ殿が来るならその部屋を使わせるべきだろう。父の部屋とも続きだし。

当然、母の名残など残さぬように、そして豪華ではなく心が安らぐような部屋にするように改装しろと伝えた。

前の時、少しだけ言葉を交わした彼女は慎ましやかな女性だったから。

いや、会っていなかったとしても、母が亡くなってこれだけ長い間自己主張することなく父を支えたのだから立派な女性だ。

オリバーの部屋は、俺の部屋を使わせることにした。

執事は反対したが、跡継ぎの部屋は跡継ぎに渡すべきだ。

ただ、すぐに家を出るわけではないので、客室の一つを自分の部屋にさせた。

それから、平民を侮ることのない侍女探し。

これは俺には無理なので、ギルドに頼むことにした。

貴族の家で働いたことがあって、年配のおっとりした女性がいいだろう。

仕事の他にこういったことをしていたので、俺はすっかり疲弊してしまった。


「大丈夫か、アルカム」

仕事終わり、執務室の前の廊下に、待ち合わせもしていないエディアールが壁に寄りかかり腕を組んで俺を睨みつけた。

「エディアール？　どうしてここに？」

「マロウさんがお前の様子がおかしいと言ってたとエリックさんから聞いた」

そのラインはこれからも繋がりそうだな。

エディアールは近づくと俺の顎を取ってクイッと上向かせ、顔を近づけた。

「目の下にクマができてるじゃないか」

顎クイだよ、顎クイ。

焦って俺はその手を払った。

「ちょっと忙しいんだ」

「仕事は立て込んでないと聞いたぞ」

マロウさんが絡んでるから『仕事で』は言い訳にできないか。

でもオリバーのことはまだ決定じゃないし、レイムンド家のことだから他人にはまだ話せないんだよな。

「今、家の改装をしてて、そのことで忙しいんだ」

「家の改装？　おじさんは？」

「父上は外出中なんだ」

「……またお前に丸投げか」

彼が苦々しげに呟く。

「違うよ。俺が勝手にやってるんだ。それより、お腹空いてるからいいかな」

「腹が減ってるなら一緒に酒でも……」

「ごめん、本当に忙しいんだ。暫く酒には付き合えない」

「それじゃ食事だけでもどうだ？　城内のレストランなら時間もかからないぞ」

「レストランは料理を用意するのに時間がかかるから、食堂なら」

「わかった。食堂に行こう」

肩を組まれ、歩き出す。

兵士や騎士と違って夜勤のない文官用の食堂は、人が少なかった。

あと一時間ぐらいでラストオーダーだろう。用意された料理の種類も少ない。

彼は俺の好みも知ってるので、勝手に俺の分の料理も取ってテーブルについた。

焼きエビとアスパラのスープに白パンだ。胃に重たいものは辛いから、肉を選ばれなくてよかった。そこまで考えてくれたのかも。

「ちゃんと食べてるのか？」

彼は肉を選び、向かい合って食事を始める。

「食べてるよ」

「寝てるか？」

「……うん、まあ」

「寝てないんだな？」

「それなりに寝てる」

睨まれてごまかしたが、ごまかされてはくれなかった。

「何だって急に改装なんて始めたんだ」

「エディアールのタウンハウスを見たらいいなって思って。侯爵夫人、趣味がいいから」

「アルカム？」

嘘だろ？　という響き。

でも半分は嘘じゃないんだよな。

「俺の部屋は父の好みで作られてる。でも俺は絵を飾ったり本棚を増やしたりしたかったんだ。だから父のいない間に勝手にやろうと思って」

「おじさん、いつまでいないんだ？」

「剣技会まで」

「来月のか」

「うん」

「まさか、出られるのか？」

「まさか。あの年だよ」

オリバーの稽古を付けててその気になった、なんてことはないだろう。

「エディアールは出ないのか？　騎士団の中でも毎年何人か出るだろう」

「まだ決めてない」

「出なよ。お前のカッコイイ姿が見たい」

そう言うと、彼は笑顔を見せた。

「応援に来てくれるのか？」

「もちろん。最前列のチケット買う」

「それなら出てみるか」

「きっと優勝するよ」

「それはない。今年は第四騎士団の団長が出場するから」

「え？　団長が？」

それは珍しいことだ。役職に就いた人は出場を止められるわけではないが、遠慮して辞退するものだから。

「息子さんが三歳になって父親のことがわかるようになったから、カッコイイ姿を見せたいらしい。絶対本気で勝ちに来るだろう」

父親のいいとこ見せたいってことか。

微笑ましいと思ってると、正面から彼の手が伸びて俺の額に触れた。

「頭、痛くないか？」

「へ？　何？　全然」

「そうか」

手はすぐに離れ、彼が安堵で嘆息する。

「様子がおかしいと聞いたから、もしかしてあの時の薬の後遺症かと思って心配した」

あの一件以来、ちょっと過保護なんだよな。

根が優しいからなんだろうけど。

「ちゃんと医師に見てもらって、問題ないって言われただろ？」

「それでもこの国では流通してない薬だったんだ。思いもよらないことがあるかもしれないじゃないか」

「大丈夫だって。本当に忙しくてちょっと寝てないだけだから」

「あんまり寝不足が続くようだったら、俺のタウンハウスに拉致するぞ」

「それはダメ」

「……え？」

意外、という顔をされてしまった。

まあ、彼からの誘いはほぼ断ったことがないからな。

「家に帰らなきゃならないから外泊はしない」

「じゃ、お前の家に押しかけてでも……」

「今は工事でゴタゴタしてるから、来られても困るよ」

「飲みに行くのも外食も断るんだろう？」

「うん」

エディアールは少しむくれた顔になった。

「付き合いが悪い」

「だから、剣技会までは家のことを優先させたいんだって」

「剣技会が終わったら、付き合うのか？　じゃその翌日に……」

「剣技会の翌日はパーティがあるだろ？」

「アルカムはパーティ嫌いじゃないか、サボればいい」

「出場者は全員出席なんだから、お前も出なきゃ。それに、俺は出席するよ、多分」

オリバーが優勝したらちゃんと祝ってやらないと。

優勝したのにパーティに出ないと、拗ねてるとか認めてないとか思われてしまう。

パーティになんか出たことないだろうから、作法も教えないと。いや、その前に礼装か。ジュリエッタ殿のドレスも買わないと。

サイズはわからないから、今着てるものを一着送ってもらって、それを元に作らせるか。

「アルカム？　どうした」

「ああ、パーティ用の服を買わないとって思っただけ」

「随分積極的だな」

疑われるような視線を向けられ、俺はエビの最後の一片を口に放り込んだ。

「エディアールが剣技会に出場するなら、パーティにも出席するだろ？　だから多分俺も出席するってことだよ」

「……嘘臭い」

だよな。

でも剣技会が終わったら、きっと説明できる。

オリバーが優勝したら。

「ごちそうさま。じゃ、俺はこれで帰るから。エディアールは寮？　タウンハウス？」

「寮に泊まる」

「ならここで」

立ち上がった俺の手を彼が掴む。

「明日も一緒にここでメシ食わないか？」

その時の顔が甘えてるみたいに見えて、つい「いいよ」と言ってしまった。

きっとさっき誘いを断ったから意地になってるんだろう。でなければ食事してないと思われてるか。

……後者かな。

「明日はドアの前じゃなくて、ここで待っててくれ」

「わかった」

手が離れたから、そのまま俺は席を離れた。

女性がパーティで必要とするものを誰かに聞かないと、と思いながら。


エディアールとの会話の途中で考えたことを、戻ってから執事と相談した。

「女性のお支度ですか。アルカム様がお許しになるのでしたら、奥様のものが残ってらっしゃいますが……」

「慎ましやかな女性なら、先妻の持ち物は嫌がるだろうね。時間が経てば受け入れるかもしれないけど。それに服や靴はサイズがあるし」

「ではメイドに揃えさせましょうか？」

我が家にも、母がいた頃には当たり前だが侍女がいた。

けれど母が亡くなった時、他に世話をする女性がいなかったので紹介状を書いて解雇してしまったのだ。

残っているのはメイドだが、彼女達は母に仕えていた者達だ。

「抵抗感、あるんじゃないか？　今まで知らなかったんだろう？」

「然様ですね。アルカム様はご存じだったのですか？」

「まあ、薄々はね」

嘘だ。

全く気づかなかった。前世、知った時のショックは大きかった。やはり自分は愛される子供ではなかったのだ、と。

無謀とも言えるエディアールへの告白を決意したのも、それで踏ん切りがついたからかもしれない。

「本来でしたら、メーワン夫人にご相談すべきでしょうが……」

「伯母は断るだろうね。というか、準備しているなんて知られない方がいい」

「新しく雇う侍女は？」

「彼女が屋敷に来るまではまだあるし、ギルドからの返事もないんだろう？　もしいい女性が見つかったら、こちらに来るより彼女の下に送って侍女に慣れてもらうべきでは？」

「マナーの先生は送ったのですが」

「侍女が側にいることに慣れるのは勉強とは違うだろう。一度父と話し合ってみよう。どこに行ったのか俺は知らないけど、お前は聞いているんだろう？」

「はい」

「じゃ、手紙を書いてくる」

執事と別れて部屋へ戻ると、俺は父に宛てて相談があるから外で会おうと書き記した。ついでに、会う時にオリバーとジュリエッタの服を持って来るようにも頼んだ。

新しい服を仕立てるのにサイズがわからないと困るからだ。

返事はすぐに届いて、翌日の仕事帰りにレストランで待ち合わせることになった。

エディアールからの食事の誘いがあったが、今日は父と会うからと断った。

相手が父と聞いて、彼はおとなしく引き下がり、あまり雑務を押し付けられるなよと言ってくれた。

確かに雑務ではあるな。でも最終的には自分のためでもあるから。

数日振りに会った父に、平民の女性を家に迎えることについて説明した。

マナーや教養の勉強、社交界に出すつもりはなくても家同士の付き合いはオリバーのためにも断ち切ることはできない。

第一伯母達と上手くやるためには彼女にも努力は必要だ、と。

屋敷の改装は既に始めてあるので、決定したら安心して引っ越してきていいとも。

「お前はどうしてそこまでする？」

と疑問を持たれたが、答えは前と一緒だった。

「跡継ぎになれなかったのですから、家を存続させるための努力はしたいだけです。それに、俺が家を出る時に多少の援助も期待してます」

援助など求めていないが、見返りのない親切は怪しまれると知っているのでそう言った。

ギルドから雇う予定の侍女は父の下へ送ることにした。父は小さな家を借り、そこで親子三人で暮らしているらしい。

宝飾品は母の物を使うとして、ジュリエッタ用のドレスと靴、オリバー用の礼服は俺が用意することになった。

父にドレスなど選べないし、父がドレスをオーダーしたとなれば話はすぐに伯母達に伝わってしまうだろう。

オリバーの礼服にしてもそうだ。俺の、で通すには体格が違い過ぎる。

以前会ったオリバーは母親と同じ茶髪で、大柄な青年だった。

それだけ決めて、その日は父と別れた。

オリバーの礼服はすぐに用意ができる。

友人へのプレゼントにしたいと言えばいい。だがジュリエッタのドレスは問題だった。

女性へのプレゼントとすると、婚約者のいない俺が一体誰に贈るのかと探られてしまう。

女性の友人がいれば相談に乗ってもらえるだろうが、そんな女性はいなかった。数少ない女性の知り合いも、貴族の女性ばかりで、付添いだけでドレスの工房へ、なんて引き受けてくれるわけがない。

というか、引き受けられて噂になったらその女性と婚約、なんてことになりかねない。

時間のない中考えて、俺は行き付けの書店の娘、リンナに頭を下げた。

平民だが、この世界では本が高価なものなので取り引き相手は貴族が多い。その相手をしてきている彼女ならと思ったのだ。

それに、性格はサバサバしていて、付き合ってる男性もいた。

お誂《あつら》え向きに、彼氏は靴屋だったので、彼に事情を説明し、納得してもらった上で彼女に付き合ってもらった。

知り合いの年配の女性が貴族に嫁ぐので祝いとして贈りたいが、変な意味に取られると困るので俺のことは秘密にして欲しい、といったところだ。

ボーイフレンドはリンナとはサイズの違う女物の靴を頼んだことで、疑ったりしなかった。

リンナの友人のお針子が勤める工房へ向かい、デザインはその友人と相談した。

リンナから袋物やハンカチ、裁縫道具に化粧道具、ペンや封蝋《ふうろう》などの筆記具も必要だろうとアドバイスを受け、それ等も買い揃えた。

お礼は彼氏がいる女性だから、食べ物で済ませる。

王都の名店の高いスイーツを彼女はとても喜んでくれた。

自分の不得意分野が何とか片付いたと思った時、その買い物が起こした不測の事態に悩まされることになったのだけれど。

自分の失態に気づいたのは、休み明けに仕事に出た時だ。

「アルカム、彼女ができたんだって？」

執務室に入ってすぐ、マロウさんがにこにこと笑ってそう言った。

「はい？　いませんよ、彼女なんて」

何を言ってるんだという目で見たが、彼は納得しなかった。

「経理のグロンが昨日お前が女性を連れて菓子店に入るのを見たと言ってたぞ」

昨日、菓子店？

「ああ、それは知り合いのお嬢さんです。頼み事をしたのでお礼を買っただけですよ」

「またまた。この間から昼に抜けて出てるそうじゃないか。しかも衛兵のピンズが同じ女性らしい黒髪の娘と君が連れ立ってるのを見たと言ってたぞ」

「だから、それも知り合いの娘さんですって」

「照れなくてもいいって。アルカムが選んだお嬢さんなら、応援するよ」

「だから、本当にそういうの困るんです」

噂になってジュリエッタのことがバレたら大変だ。

「お願いですから、他所《よそ》で変なこと言わないでくださいよ？」

「秘密なのか？」

「秘密っていうか、誤解です」

「だがもう結構広まってると思うぞ？」

「は？」

「経理のグロンが事務室で話を皆にしていたし。私もそれで知ったんだから。それに、ピンズも言ってたわけだし。ピンズの時には『もしかしたらアルカムさん？』ぐらいだったが、グロンの言葉で皆が信用したんじゃないかな」

「信用って……」

「アルカムが近々婚約するんじゃないかって」

「はぁ？　何でそんなことに！」

「君が目立つからだろう。前にも言っただろう、アルカムは人目を惹くほど見目がいいって」

そんな目立つなんて……。

「すみません、ちょっと外していいですか。グロンに釘を刺してきます」

「いいが、もう遅いと思うぞ」

その通りだった。

マロウさんの執務室を出て事務室へ入ると、そこにいた人間に一斉に「おめでとう」と言われてしまった。

「やっと色めいた話だな」

「どこのお嬢さんなんだ？」

「最近忙しくしてたのはそれが理由か」

「浮ついて仕事を疎《おろそ》かにするんじゃないぞ」

にやにやしたり睨まれたりしながら掛けられる言葉に思わず叫んだ。

「違ーう！」

真実を告げるわけにはいかなかったので、あれは知り合いの娘さんで買い物に付き合っただけ、彼女には恋人がいるからおかしな噂を広めないでくださいと平身低頭でお願いした。

大体の人は『なーんだ』と言って納得してくれたが、一部はにやにやと笑ったままだった。

俺はそんなに目立つんだろうか。

もっと気を付けるべきだった。

マロウさんのところへ戻って、疲れ果てて仕事をしていたが昼休みに食堂へ行くと、更なる苦難が待っていた。

「お前に付き合ってる女性がいたなんて聞いてないんだが」

エディアールだ。

廊下で待ち伏せされた日以来、頻繁に文官の食堂で俺を待つようになった彼がバッチリ今日もそこにいた。

「取り敢えず食事しよう」

腕を取って食事を受け取って目立たない隅のテーブルに着く。その間もエディアールは俺を睨んでいた。

「で？」

説明しろ、とその目が訴えている。

エディアールまで噂を信じてるのかと思うと、悲しくてため息が出た。

「誤解だよ」

好きな人に恋愛話を疑われるなんて。

「あれは知り合いの娘さんに買い物に付き合ってもらってただけ」

「何人も見たっていう人がいるんだぞ。そんなに何回も買い物してたのか」

「そうだよ」

「どこのお嬢さんなんだ」

信じてくれないんだな。

「どこの人だっていいだろ」

疲れも溜まってたし、朝から散々イジられた上彼にも疑われて、俺は素っ気なく言った。

「家を改装したというのは奥さんを迎えるためじゃないのか？」

そうきたか。

「違う」

奥さんは奥さんだけど俺のじゃないよ、と言いたい。

「アルカム、本当のことを言ってくれ。俺とお前の仲だろう」

「だから、違うって言ってるだろ。信じられないならもういいよ」

「アルカム」

「家を改装するので忙しい、一緒に歩いてた女性は知り合いで彼女には恋人もいるし買い物に付き合ってもらっただけ。それを信じられないならそう思ってればいいだろ」

珍しく、というか多分初めて彼を拒絶してしまった。

エディアールは驚いた顔をし、すぐにばつが悪そうな表情を見せた。

「……すまない。いろんな人間から『知らなかったのか』と言われてイライラしてた。親友だと思ってたのに何も相談されなかったから」

ションボンとした彼の顔を見ると、自分の中の苛立ちは消えた。

彼にこんな顔はさせたくない。

「俺は結婚なんか考えてないよ」

「そういうことを言ってるんじゃない。お前にはちゃんと結婚して欲しい。ただ、その時は教えて欲しいってだけだ」

結婚して欲しい、か。その言葉も辛いな。

恋愛感情がゼロだからそう言えるんだろう。

まるで道化だな。結婚なんてしないのに、愛する人に他の人と結婚して欲しいと言われ。他の人と結ばれる姿など見たくないのに、彼はきっと結婚する。

だってあの家は一人で住むには広過ぎる。無意識だとしても結婚を考えてるんだろう。

もう少ししたら、俺は家族を失う。

目の前で父は新しい息子と、ずっと愛していた女性と幸福な生活を得るだろう。レイムンドの家には俺は必要なくなる。

エディアールだって、家庭を持つ。

俺は彼を愛している限り、誰とも結ばれることはない。そしてこれだけ長い間彼を愛し続けてる自分が他の人に目を向けることなんて考えられない。

……孤独だ。

俺のこれからの人生に待ってるのは果てしない孤独なんだ。

「アルカム？」

黙ってしまった俺を心配する声が掛かる。

「ごめん。もう疑わないから」

手が伸びて、フォークを握ったまま止まっていた俺の手に彼の手が重なる。

こんなことで嬉しいと思ってしまう自分が惨めだ。

「……いいよ。俺も疲れてて態度が悪かった」

「寝てるか？」

「ああ」

「剣技会までって言ってたな、あと数日か」

「エディアールは出るんだろ？」

「お前が応援してくれるって言ったからな」

「応援するよ。……それに、剣技会が終わったら、お前に全部話す」

「今は秘密か？」

「俺だけの問題じゃないから」

切り替えよう。

今は誰にも相談できないから落ち込んでるだけだ。

全てが終わったら、父のことを話して、どうして忙しかったのか、女性と歩いていたのかも説明しよう。

そうしたらきっと今までと同じ日々が戻ってくるはずだ。

今以上にならなかったとしても、『親友のエディアール』は戻ってくるはずだ。

現代で生きていた時は彼を見ることも叶わなかった。それに比べればずっと、ずっといい人生じゃないか。

顔を上げて、エディアールの顔を見る。

他の人には冷たい顔なのに、俺に向けて微笑んでくれる彼に、乙女みたいに胸がキュンとする。

やっぱり好きなんだよなぁ。

「終わったら、お前の知りたいこと全部話すから剣技会頑張れよ」

この恋から逃げられないんだと覚悟して、俺も笑みを向けた。


剣技会は二年に一回催される。

騎士達にとっては昇進に繋がるし、剣士を目指す平民にとっては立身出世のチャンスだ。

何より、いいとこ見せて好きな女性にアピールする場でもある。

以前、片想いを拗らせて十年告白できなかった騎士が優勝と共にプロポーズしたとか、平民で準優勝だったが騎士団への推薦をもらって男爵令嬢と結婚したとか、色々あった。

なので、剣技会を純粋に楽しむ人々に加え、自分の人生に夢を見る若い男女が、希望と欲望に満ちた熱気をプラスして大盛況になる。

会場となるのは城内にある、普段は騎士団の練習場だ。

元々貴族や王族が観覧に来ることもあるので貴賓席があり、柵の外には二列の椅子席、後は立ち見だ。ぎっしりと。

城内にも城外にも屋台が出て、決められた場所だけだが平民も城に自由に入れるとあって朝からお祭り騒ぎだ。

中には剣技会になど興味なく、この騒がしさだけを楽しみに来た者もいるのだろう。

いや、そっちのが多いかも。

剣技会の開催は二日間。

最初の日は一般の部、二日目が騎士の部だ。

オリバーは初日今日、出場する。

俺は開会の時間前に城に到着するように家を出た。

柵外で見物することにしたから、早めに場所を取りたかった。できれば椅子に座りたかったので。

幸い、最前列の椅子には座れた。少し外れた場所だったけど。

父は、ツテを頼んで閲覧席にいると思ったのだが、そこに姿はなかった。

辺りを見回すと、観覧席からちょっと離れた場所にその姿を見つけた。隣には中年の女性の二人連れが座っている。

明るい茶色い髪の、恰幅《かっぷく》のよい女性とほっそりとした女性。細い方はジュリエッタだとわかった。恰幅のよい方の女性は知らないが、ジュリエッタと会話をしているように見えるから、彼女の知り合いだろう。

父と二人の女性が会話している様子がないのは、他人のフリをしてるということかも。まああまり父が女性と会話する人だと思えないが。

やがて会場には溢れんばかりの人が集まり、俺の周囲も椅子は埋まり立ち見も立錐《りっすい》の余地がないほど人が詰まったところで、剣技会は開催された。

最初に騎士団総団長の挨拶があり、陛下の開会の宣言が下される。

広い会場で、最初のうちは同時に四組の戦いが行われた。

三カ所で同時に剣を交え、一回戦はさっさと勝敗が決まってゆく。自分の応援する者が下手なら気づく前に退場しているだろう。

二回戦は二組同時。

三回戦も二組同時だが、この時点で怪我を理由に辞退をする者も出た。

オリバーは、一回戦では気づかなかったが、二回戦ですぐに見つけることができた。

がっしりとした身体、赤みがかった茶色い髪、線の太い顔立ちは鼻や唇などのパーツが大きく、日に焼けた肌も男らしい。遠目からでもわかる美丈夫《びじょうふ》だ。

胸当てや剣は父が買い与えたのだろう。

かなりいいものを使っていた。

俺の一つ下だったはずだが、あっちの方が年上に見える。

彼は順当に勝ち進み、昼になっても残っていた。

昼食後からは一対一の戦いで、ここからが見所になる。

「今回の優勝候補はオリバー・コモンとニール・エグザですかね」

「ニールは地方領主のとこで警備をやってたらしいけど、オリバーってのは知らないな」

なんて声が聞こえてくる。

続けて何人もと戦わなければならないので、剣の腕だけでなく体力も重要だが、その点でもオリバーは優勢だった。

前に見た時より出場の時期は早いのに危なげない。

父が特訓したからだろう、剣筋も奇麗だ。

型だけなら自分だって、と思ってしまうのは未練か。

近くの人が名前を出していたニールという男とは、準決勝で当たった。

オリバーより年上の彼は、細身だが落ち着いた動きをしていた。

上手いことは上手いが、力で押し負けている。剣を合わせると、オリバーの剣の重さに何度も顔を歪めた。

「あれはオリバーって男の勝ちだな」

試合を眺めていると、ふいに肩に手を置かれて振り向いた。

「エディアール」

見慣れた顔がそこにある。

「こんなとこで見てたのか。観覧席に来ればいいのに」

「チケット取ってないんだ」

「言ってくれれば取ってやったぞ？」

「うん。でもお前が出るのは明日だろ？」

「まあな。半分座らせろ」

彼は強引に俺の尻を追い出し、椅子の半分に腰掛けた。バランスが悪いからか、落ちないように腰に手を回してホールドしてくる。

その時、丁度オリバーがニールの剣を弾き飛ばして勝利した。

「勝者、オリバー・コモン！」

審判の声が高らかに義弟の名を呼ぶ。

観客からは歓声と落胆の声が上がった。

「やっぱりあっちが勝ったな。次はネビル・エイドとグース・バカンスか」

エディアールの声が耳に響く。

それは天啓《てんけい》のようにも聞こえた。『オリバーが勝つ』と言う。

「どっちが勝つと思う？」

「グース」

「きっぱり言ったな」

「ああ、だが優勝はオリバーだろう」

「……お前から見てもそう思うか」

断言。やはり天啓か。

オリバーが勝つ、そして俺は家と家族を失う、という。

いや、単にエディアールに剣を見る目があるだけだ。俺だってオリバーが優勝すると思ってる。未来を知っているからではなく、今の彼の剣を見て。

「お前は？」

「俺もオリバー・コモンが優勝すると思う」

「だろう？　あいつは騎士団からスカウトがきそうだ」

彼が微笑むと、近くから黄色い声が上がった。

次の試合も、エディアールの読み通りグースが勝った。

短い休憩を挟んで決勝戦だ。

グース・バカンスはパワータイプで、オリバーよりも大柄だった。力もグースの方があるだろう。

オリバーは普通の長剣だが、グースは大剣だ。剣の重みはグースに利がある。オリバーは休憩の時間が長かったがグースに疲れは見えない。

けれどオリバーにはレイムンドの血があり、父の訓練という後押しもある。

拮抗《きっこう》する二人の決勝戦は見応えのある試合となった。

グースの一撃を素早い動きで避け、間合いを取り、きちんと構えてから斬撃《ざんげき》を何度も繰り出すオリバー。

しかしグースは幅広の大剣でそれを打ち返す。

オリバーは父から『奇麗な剣』を習ったが、グースは足元を狙うなど勝ちに手段を選ばない。脚を滑らせたフリをして土を蹴り上げオリバーの顔を狙う。

切り結ぶのではなく、何度も重い剣をワザと当ててオリバーの剣を落とさせようともしていた。

覚えている戦いとは違う。前の時にはあんな乱暴者が相手ではなかった。

参加年度が違うのだから当然か。

「よくない戦い方だ」

エディアールが不満げに呟いた。

その通りだ。だがそれがわかるのは剣を握ったことがある者だけだろう。覚えのない者から見れば、力で押してるだけにしか見えないだろう。

「勝て！　オリバー！」

我慢できずに、俺は立ち上がって叫んだ。

優勝しろ！　勝ってレイムンド家に来い。

一瞬、こちらを見たオリバーと目が合った気がした。

次の瞬間、オリバーは正眼《せいがん》に構え、声を上げてグースに向かって行った。

上からグースの剣を叩きつけ、振り上げるのに時間のかかる大剣の隙をついて相手の首に切り込む。

グースは後ろに逃げようとしたが、間に合わずにピタリと剣を当てられた。

「そこまで！」

……勝った。

オリバーの勝ちだ。

これで決着がついた。俺は力が抜けてドサリと椅子に腰を下ろした。

「知り合いか？」

「……いや。相手が卑怯だったから、つい」

俺が座るのと反対に、周囲は皆立ち上がって声援を送っていた。

これで、終わりだ。

俺は自由になる。家は無事に存続される。父に望む家族を与えられる。

そして俺は孤独への一歩を踏み出すのだろう。

「混む前に帰ろう」

「これから表彰だぞ？」

「勝つのを見たかっただけだ。表彰式には興味はないよ」

まだ興奮している人々の間を縫って、俺はその場を離れた。

喜んでいるであろう父の姿を確認もせず、勝利を味わっているオリバーの姿を見ることもなく、付いて来てくれているであろうエディアールがいる後ろを振り返ることもなく。

速足でその場を離れた。


疲労と緊張が解け、家に戻ると夕食をかき込んで、入浴すると泥のように眠った。

翌日は騎士の部で、エディアールが出場する。

朝一番からいい席を取りに……、と思っていたが帰りにエディアールが観覧席のチケットをくれた。

そんなに良い席ではないが、父君の侯爵用に取ったのだが、御本人が別ルートから手に入れていて余ってしまったそうだ。

侯爵ならご夫妻でもっといい席が取れるだろうに。そんなことに気づかないほど父君に見て欲しかったなんて、可愛いところがある。

座席の位置が知られてるから、こっちを見てくれるかもと思うとちゃんとした格好をして行かなくては。

昨日の重たい気持ちは全て投げ捨て、観戦に向かった。

騎士の部の参加者は一般よりも少ない。

負けてもいいから参加して実力を確認したい、参加したという晴れ姿を見せたいという一般の部と違って、その実力が査定に繋がってしまうので負けると思うなら参加しないという道を選ぶ者が多いからだ。

それに今年は第四騎士団の団長とエディアールが出場するとあって、生半可な腕の者は申し込みを取り消したらしい。

お陰で、一回戦から見応えのある試合が続いた。

エディアールは天才だ。

城の衛士《えいし》相手だった一回戦は一分もかからず勝利した。

二回戦は別の部隊の騎士だったのでちょっとてこずったが、それでも圧勝。

三回戦は辺境伯の私兵。普段魔獣退治をしている相手の剣は実戦的で、ものすごく見応えがあった。

何度も剣が当たる音がして、エディアールの顔も真剣そのもの。

真顔の彼の顔にうっとりしてしまう。

近くの令嬢達が胸元で手を組み、祈るような姿で目をキラキラさせている。

一般民衆は歓声を上げているが、令嬢達は大声を上げるのがマナーに反するのか、騎士の戦いの邪魔をしないことを教えられているのか、眼差しを送るだけだ。

もちろんエディアールが勝利。

引き上げてくる時、彼がこちらに視線を送ってきたので小さく手を振った。

もう、何ていうか堪能しまくりだ。

出場してもらってよかった。

色んなことで鬱々《うつうつ》としてたのが全部吹っ飛んで、純粋にエディアールのかっこいい姿を堪能した。

真剣な顔がいい。動いて乱れる前髪がいい。剣を構える姿がいい。相手の剣を避けて横に飛ぶ姿がいい。勝ちを確信してにやっと歪める唇がいい。

相手を倒した後も、当然のことのように無表情で剣を納めるのもいい。

とにかく、何もかもが素敵でうっとりする。

彼を前にすると語彙力がなくなるほど、素直に好きだと思ってしまう。

自分が親に見放され、劣等感に苛まれていた時に、認めて、励まし、側にいてくれた。

自分がなりたかったレイムンド家の嫡男の理想として憧れた。他者に愛想がない彼が、自分だけを特別に扱ってくれた。

笑いかけられると喜びに震え、こうしてかっこいい姿を見ると憧れに胸がときめく。

そして、エディアールを自分だけのものにしたい、彼に愛されたいと願ってしまう。

だから、勇気を出して告白したのだ。

きっと愛されてると驕《おご》って。

前の時も、エディアールは俺を特別に扱ってくれていた。笑いかけ、触れてくれた。好きだとか大切だという言葉をもらっていた。

きっと応えてくれると、根拠のない自信を持って。

『……困る』

けれど結果として返ってきたのは悲しい言葉だった。

『アルカムとだけは、そういうことは考えられない』

『二度とそんなことは考えないでくれ。お前とは友人でいい』

どんなに親しくしても、恋人にはなれない。

友人は恋人を超えられない。

楽しく過ごしても、彼が家庭を持ったら『また明日』とドアを閉められ、その向こうには彼を待つ女性がいる。

彼が腕に抱いて眠るのは自分ではない。

今度は、誤解しないでいよう。

どんなに特別扱いされても、笑いかけられても、心配されて額にキスとかされちゃっても、愛されてるなんて考えちゃダメだ。

彼がくれるものは友情だけ。

だから俺が贈れるのも友情だけ。

「エディアール！　頑張れ！」

と声を上げることはできても、『愛してる』は言えない。言わない。

俺の声に気づいて振り向いて手を上げて応えてくれる、それだけで満足しよう。

今の自分の望みは長生きすることだ。愛されることじゃない。

長生きして、身近で愛する人を見続ける。彼が幸せを手に入れる助けをする。きっとそのための転生だったのだ。

愚かな行動をしなければ、平穏だけは手に入れられるのに勇み足で全てを潰した。その失態をやり直させてもらっているだけだ。

エディアールが生きている。

彼を見ることができる。

信頼を損なわない。

親友という立ち位置を踏み越えない。

そうしていれば、俺は手に入れた時間をこうして楽しむことができる。

「勝て！　エディアール！」

人前で、大きな声で彼の名が呼べる。

「いいぞ！」

躊躇《ためら》うことなく応援できる。どんなことでも。

目一杯彼を見つめて、目一杯応援した。

決勝戦は大方の予想通り第四騎士団の団長とエディアールの戦いとなった。

最初は二人とも綺麗な型の応酬だったが、呼吸が合って来ると激しい打ち合いとなった。

団長が上段に振りかぶれば、エディアールは身体を低くして相手の脚を狙う。けれど団長はそれを読んで飛び上がって避ける。

着地するまでの間に体勢を立て直したエディアールがリーチを稼ぐために片手で突いたが、逆に握りの甘い剣を弾かれる。

一旦離れてからまた剣を交え、鍔《つば》ぜり合いになったまま固まった。

力の押し合いだ。

残念ながら力は団長の方が上で、押し負けたエディアールの身体が傾く。

けれどそれも一瞬で、彼は渾身の力で押し返すと後ろへ跳び退《すさ》った。

エディアールの肩が上下している。

「エディ！」

ピクリ、とその肩が動き、エディアールが突進する。

激闘ですっかり静かになった剣技場に金属の打ち合う音が響き渡る。

長い戦いだったが、最終的に決着がついたのは一瞬の出来事だった。

団長の剣がエディアールの剣を跳ね上げ、同時にバトントワリングのように剣を回転させエディアールの膝に剣先が向く。

ハッとしてエディアールが引こうとしたが、剣はもう一度回転して正位置に戻り、下がろうとしてバランスを崩した彼の肩にヒタリと当てられた。

「そこまで！」

勝者は、団長だった。

ワッと声が二人を称える声が上がる。

当の本人達は剣を納め、ガッチリと握手を交わしていた。

やれやれ、これでまたエディアールに惚れる女性が増えるだろう。

退場する時、エディアールがこちらを見てからふいっと視線を逸らせた。口元に手をやっているところを見ると、負けて悔しいと思っているのだろう。

相手は団長なのに。

もう一、二年すれば、きっと誰が出てきてもお前が優勝するさ、と後で言ってやろう。

もっとも、今晩は騎士団の連中に捕まって、団長の祝賀会とエディアールの慰め会で朝までコースだろう。

明日の正式な祝賀パーティがあるから、その時にでも言えばいい。

人々が立ち去る流れに乗って、俺も観覧席を出た。

たっぷり脳内に収めた彼の勇姿のお陰で、今夜はいい夢が見られそうだった。


剣技会の優勝者を祝うパーティは、王城の大広間で行われる。

優勝者、準優勝者、三位決定戦は行われないので三位の二名の計四名が、王から褒賞をいただける。

一般の部で出場した者は、上位八名までが平民であっても正式に招待される。

騎士の部も、正式招待者は八名だが、こちらは貴族も多いので下位の者も出席できる。騎士職にあれば平民でも出席可能だ。

俺は普通に貴族として出席だ。

王が臨席するパーティなので礼服に身を包み、一人で登城する。

父は剣技会が終わっても帰って来なかったが、出席はしているだろう。ドレスは執事に届けさせたので、ジュリエッタをエスコートして。

一般の部の優勝者であるオリバーの母親となれば、軍関係者である独身の父がエスコートしても不思議ではない。

スカウト活動の一環、と思われるだろう。

会場に到着すると、俺はまずエディアールを探した。

人が溢れる華やかな会場。

彼を見つけることはすぐにできた。

だが、彼を祝う男性陣と、彼を狙う女性陣に十重二十重《とえはたえ》と囲まれていて、とてもじゃないが俺が近づく余地はない。

まあいいさ、俺ならば明日にでも二人で会うことができる。

そうしたら、今日までのことをちゃんと説明しよう。

陛下がお姿を見せ、開会のお言葉に続き剣技会の勝者一人一人に祝福の言葉と共に褒美を与える。

一連の儀礼が終われば、後は普通のパーティだ。

音楽が流れ、ダンスも始まる。

近くを通りかかったウエイターから酒のグラスをもらい、壁際へ移動する。

遠くに見える友人の姿にグラスを掲げ、口を付けた。

さて、長いこの時間をどうしよう。

エディアールを囲む人の群れは簡単に引かないだろうし、女性とダンスをする気もない。

そう思っていると、文官の同僚が声を掛けてきた。

話題は昨日までの剣技会の感想だ。

剣を握らない彼は、エディアールが俺の友人だと知っているので、憧れに目を輝かせて彼に紹介してくれと頼んできた。

人々に囲まれる彼の姿に目を向け、今日は無理だと答えた。その代わり別の機会に紹介することを約束した。

次に声を掛けてきたのは父の友人で、既に父の姿を見かけたのか連れてる女性は誰かと尋ねてきた。

優勝者の母親をエスコートしているらしいと答えると、仕事が早いなと笑われた。

ついでにと、お嬢さんを紹介されてしまい、逃げ出すこともできずダンスを一曲踊った。

このまま会場に残っているとダンスの連鎖にハマってしまうと思い、さりげなく会場を後にした。

チラッと見たエディアールがこちらに気づいたようだが、人の輪から抜け出すことはできないようだった。不満が顔に出ていて可哀想だとは思うが、ごめん、救い出す勇気のない俺を許してくれ。

バルコニーから外に出て、庭園に足を運ぶ。

あちこちに置かれた篝火《かがりび》の明かりが、庭の花を照らす。

建物に近いところでは、ちらほらと人目を忍ぶ男女の姿が見えたので、それを避けて庭園の奥へ向かう。

衛兵の姿も見えない場所に石のベンチを見つけ、腰を下ろした。

さて、これからどうしようか。

父は遠からず家に戻って来るだろう。

俺が進言したこともあって、ジュリエッタとオリバーも連れて来るに違いない。

取り敢えず、二人が屋敷に馴染むまでは同居するつもりだが、その後はいつ家を出るべきだろうか？

父と話をして、家を出る時期のことを真剣に話してみよう。

あまり急ぐと周囲から追い出されたと邪推するから、やはり暫くは家に残るしかない。だが家に長く残るのは自分が居心地が悪い。

いや、その前に伯母達だ。

今日も会場に来ているだろうが、憤懣《ふんまん》やる方無しだろうな。

オリバーが優勝して、彼を迎えることが決定したのだから。

叔父達は……、案外すんなり認めるかもしれない。

優勝したオリバーは騎士団に入れる筈だ。レイムンドの男ならば、騎士となった彼のことを認めるに違いない。

何せ、騎士になれなかった俺を『不甲斐ない』と叱責していたのだから。騎士となったオリバーの方がレイムンドの跡取りに相応しいと考えるはずだ。

ま、外戚《がいせき》はもちろん、婿に行ったり嫁に行ったりした人間に本家の主の決定をどうこうする権利はないし、一度認めたことに反対もできないだろう。

そうなると、父とジュリエッタとの結婚式をしなければならないし、オリバーの跡継ぎとしての発表もしなければならないな。

そのお披露目のパーティも考えないと。

まだまだ忙しそうだな。

「アルカム・レイムンド殿？」

考え事をしていると、突然耳慣れない声に名を呼ばれた。

思わず立ち上がり声をする方を見ると、大きな影が近づいてきた。

「そうですが、どなたですか？」

相手はゆっくりと姿を見せた。

赤みがかった茶髪の大柄な男。

俺が選んだ緑の礼服に身を包んで現れたのは、オリバーだった。

「あの……、初めまして。オリバー・コモンと申します」

オリバーは申し訳なさそうに背を丸めながら近づいてきた。

「ああ、初めまして。優勝おめでとうございます」

「あ、ありがとうございます」

ペコリと頭を下げる姿は恐縮しきりといった感じだ。

「俺のことは……、知ってるんですか？」

剣技場で見た雄々しい姿と違う今の様子と俺の名前を呼んだことからして、剣士としての彼を知っているのかと聞いたわけではないようだ。

「座ろうか」

俺は自分が座っていた石のベンチを示して先に腰を下ろした。

オリバーは逡巡《しゅんじゅん》しながらも、少し離れて隣に座る。

「俺の顔を知ってたの？」

「いいえ」

「それじゃどうして俺がアルカム・レイムンドだと？」

「ち……、レイムンド様から、ご子息は金髪で青い瞳でおん……綺麗なお顔立ちだと聞いておりましたので、もしかしたらと……」

『父』と『女顔』を飲み込んだな。

「でもそんな人はいっぱいいただろう？」

「……が応援、聞こえたので」

「応援？」

「『勝て』って。誰が言ってくれたんだろうって、見たら立ち上がって言ってくれた人がいて、綺麗な人で……、もしかしたらと思ったんです。もしアルカム様だったら、俺は勝っていいんだって思えて。俺のこと、知ってて応援してくださったんですか？」

気づかれてたのか。

立って応援してる者なんてたくさんいただろうに。

「知ってたよ。だから応援したんだ」

彼はそれまで俯いていた顔をガバッと上げた。

「どうしてです？　俺は愛人の子で、あなたは生粋の貴族で……。なのに『勝て』だなんて」

「勝って欲しかったからだよ」

「憎くないんですか？　貴族の人は平民を蔑《さげす》んでるんじゃないんですか？」

疑問を持っているせいだろう。俺を見ている目がだんだんと力強さを帯びてくる。背筋も伸びて、剣技場にいた姿を取り戻してゆく。

「そういう人もいるようだが、俺は身分は気にしない。平民の友人もいる」

「でも……、憎くないんですか？」

「憎くない」

これは真実を告げるべきだな。

わざわざここまで俺を追ってきて話をしようとした彼に対する誠意だ。

「むしろ、君がいてくれてよかったと思ってる」

「何故です？」

「父から俺の話を聞いたなら、俺がレイムンド家の跡取りとして不甲斐ないことも聞いてるだろう？　騎士の家系に生まれながら人に剣を向けることも苦手なら、剣を握る力もない。到底騎士にはなれない息子だって」

襲われた時に反撃できたのは、剣ではなかったからだ。人を殺すことが怖い。殴って怪我をさせることまでは出来ても、剣では殺してしまうかもしれない。そう思うと大人になった今でも対面で人に剣は向けられない。

「情けない話だけれど、そんな訳で俺は騎士にはなれなかった。父にはそのことをずっと責められていた。申し訳ないと思ったよ。だから、父の望むような息子が他にいてよかったと思った。剣技会で優勝したら認めると条件を出したのは、それなら他の親戚も文句を言わないだろうと思ったからだ」

「でも母は……」

「俺の母親とは政略結婚で、君の母上とは俺の母より先に知り合っていたと聞いてる。後から来たのは俺の母の方だ。憎むとしたら母だろうが、父は母が亡くなるまで君達のことはちゃんと黙ってくれていた。だから母は君達を憎むことなどなく亡くなった。むしろ、俺の母の実家がゴリ押ししなかったら父とジュリエッタ殿は結婚していたんじゃないかな。だとしたら憎まれるのは俺の方だ」

「そんな……！　母は平民だし……」

「男爵家の養女にでもしてもらったら、正式に結婚できただろう。そうしたら君が最初から貴族の子供だった。その地位を奪ったのに役立たずだった俺の方が憎まれるべきだ」

「そんなこと、考えもしませんでした……」

「ありがとう」

「ありがとうだなんて、礼を言うべきは俺の方です。母にドレスを用意してくれて、今日ここに来ることも許してくれて……、俺にもこの服を用意してくれて。それに応援まで。

「弟なんだから当然だろう？」

彼は目を見開いた。

「お……、弟と思ってくれるんですか？」

「弟だろう？　早くレイムンドの屋敷に来てくれるのを待ってるよ」

もうこれ以上はないというくらい、彼は見開いていた目を更に見開いた。

「俺の……、ことを？」

大きな身体がガタガタと震えだし、目からボロボロと涙を零すと、オリバーはガバッと俺に抱き着いた。

あまりの勢いにベンチに押し倒されて頭をぶつけてしまう。

「俺……、俺……、嫌われてると、憎まれてると……」

身体が大きいだけに何か可愛い。

「そんなわけないだろう。こっちこそ嫌われてると思ってたよ」

「そんなわけないです！」

耳元で叫ばれてキーンとした。

オリバーはどうも直情型らしい。感激が抑えられないタイプだな。

「アルカム様」

「『様』はいいよ、アルカムで。俺もオリバーって呼ぶから」

「アルカム……」

大型犬に飛びつかれた気分。

しかも尻尾全フリだ。

「大好きです。一緒に暮らしてください」

「あ……、ああ」

「これからはずっと、ずっと一緒にいてください。俺、頑張りますから」

「うん。でもずっと一緒には……」

いつか家を出るつもりだから。

「俺のこと、嫌いじゃないんですよね？」

「オリバーのことは好きだよ」

「だったら一緒に……」

涙目だった彼の目がカッと戦士のそれになり、俺を庇うように抱き締めて腰に下げていた剣を抜いた。

は？　何故今剣を？

と思った瞬間、キンッと音がする。

抜いたオリバーの剣に他の剣が当たった音だと気づいたのは、二本の剣が交わるのを見た時だった。

「離れろ、狼藉者」

低い声。

「狼藉者はお前だろう！　いきなり剣を抜きやがって！」

オリバーの声も今話していたものとは違って凄みを増す。

「一般の部で優勝していい気になったか。だが俺ならお前を殺せるぞ」

物騒なことを言ったのは、エディアールだった。見たこともない負の黒いオーラを纏った、親友だ。

「平民の俺が憎いのか。不意打ちで勝とうとするなんて狭《せめ》え料簡《りょうけん》だな」

「そいつを離せ」

「離すもんか、この人はこれから一緒に暮らす大切な人なんだ。せっかく好きだって言ってもらったんだ、絶対守る」

「では殺す」

「させるか」

オリバーが俺を庇ったまま立ち上がり、二人が殺気を隠さぬまま剣を構える。

「ちょっと待った！」

とここに至って、俺は二人の誤解に気づいた。

「アルカム？」

「アルカム様？」

構えは解かなかったが、取り敢えず二人から殺気が消える。

「オリバー、『様』はいい。エディアール、剣を納めろ」

「何を言ってる、こいつはお前を……」

「いいから、納めろ！　オリバーもだ！」

俺の声に渋々と構えも解く。だが剣を鞘には納めなかった。

「おーい、何かあったか？」

「こっちだ」

遠くから庭を守っていた衛士の声が聞こえる。

マズイ。城内で抜刀してるところを見られたら、二人共無事ではいられない。

「剣をしまえ、早く！」

もう一度強く命じると、渋々と剣を納める。

「オリバー、迷子になっただけだと言ってすぐに会場に戻れ」

「でもアルカム様」

『様』はいいって言ったろ。俺の言うことを聞いてくれないのか？」

「もちろん、大好きなあなたの言うことは何でも聞きます」

「よし、じゃあすぐに行け」

「この男を残してですか？」

「大丈夫だ、彼は友人だ。大方お前が俺をベンチに押し倒したところを見て誤解したんだろう。だからお前のことを嫌ってるわけじゃない」

……と思う。

「アルカムさ……、アルカムは俺のことを本当に好きでいてくれますか？」

「当たり前だろう。だからちゃんと後で話すって。ほら、早く」

オリバーが子犬だったら垂れてる耳や尻尾が見えただろう。

前世で会った時は初対面が伯母達と一緒だったからもっとピリピリしていたが、俺に親切にされて嫌われてないとわかった今回は懐いてくる子供みたいだ。

オリバーはもう一度エディアールを睨むと、俺に頭を下げてその場から走り去った。

やれやれだ。

ケンカしている犬は離すに限る。

「すまなかった、エディアール。誤解させたな」

「あの男は、お前が応援していた一般の部の優勝者だな」

「ああ。お陰で騎士団からスカウトが来るだろう。ケンカしてくれるなよ?」

「好きなのか。だからあんなことを許したのか」

「好きだよ。あれはちょっと感激して抱き着いてきたのを、俺が支えられなかっただけだ」

「抱き着いた?」

ガサリ、と音がしてオリバーが消えたのとは違う方向から衛士が一人顔を覗かせた。

「何かありましたか？　大声がしたようですが」

「ああ、すまない。剣技会のことを話していてちょっと興奮して」

俺が答えると、衛士は俺達を見て、エディアールに気づいたようだ。

「これは、カラムス様」

「……何でもない。彼の言う通りだ。騒がせた」

「いいえ、何事もなければそれで」

「来い、アルカム」

エディアールは俺の腕を取ると、そのまま引っ張った。

「行くぞ」

「え？　ああ、うん。すまなかったね」

後半は衛士に向けてのものだ。

エディアールはそのまま俺を連れて歩き出し、衛士は憧れの人に会っちゃった、みたいな目で俺達を見送った。

エディアール、俺をどこへ連れて行くつもりだ？

そのまま庭を突っ切り、馬にも乗らず歩き続け、「どこへ行くんだ？」という俺の問いかけにも答えず彼が俺を連れてきたのは彼のタウンハウスだった。

まだ改装は全て終わっていないので、そのまま二階の彼の部屋へ通される。

この間寝かされていたのは奥方の部屋だったが、今回は彼自身の私室だ。

侯爵夫人が選んだであろう、品の良いソファセットへ突き飛ばすように俺を座らせ、彼もその隣に腰を下ろす。

「アルカム、お前は自覚がなさ過ぎる！」

そして第一声から怒声だ。

「じ……、自覚？」

「あの男が好きなのか？」

「え？　ああ、好きだよ。可愛いし」

答えたところで彼の目が吊り上がる。

彼の背後に蒼白《あおじろ》い怒りのオーラが見えるのは目の錯覚だろうか。

「お前はレイムンド家の跡取りだぞ！　男性にうつつを抜かすことなど許されない！」

「は？」

「お前の『好き』が好意程度であっても、あんな暗がりでお前がそう言えば誤解されるとわからないのか。あまつさえ抱き着かせたり、押し倒されるなんて……！」

「いや、ちょっ、ちょっと待って」

「前回酷い目にあったのに、まだわからないのか。お前は同性にも欲情される外見なんだ。自分の美しさを自覚しろ」

俺が美しい？

「エディアールは、俺が美しいと思ってるのか？」

聞き返すと、彼の怒りのボルテージが下がり、口元が歪む。

「……思ってる」

あ、なんか嬉しい。

「だからこそ、心配してるんだ。いいか、『好き』を『愛してる』と勝手に語彙《ごい》変換する者だっているんだぞ。あの男は単純そうだったから……」

「エディアール、待て。お前、誤解してる」

グッと顔を寄せてきた彼の胸に手を当てて押し戻す。

その顔は好きだけど、近づき過ぎるのは困るって。

「オリバーは俺の弟だ」

「くだらない冗談を言うな。俺は子供の頃からレイムンド家に通っているが、お前の弟など一度も見たこともない。アルカムは一人息子だろう」

「ちゃんと説明するから、落ち着けって。この間からずっと忙しくしてただろう？　それについても話したいから」

そこで俺は一から全てを説明した。

父であるレイムンド伯爵には結婚前から愛する人がいて、オリバーはその女性と父との間に産まれた正真正銘の自分の弟であること。

先日二人の存在が知らされ、父はその女性を正式に妻として迎え、オリバーもレイムンド家の次男として迎えること。

だが親族は反対しているため、オリバーが剣技会で優勝することを条件としたこと。

「……なんだ、それは」

エディアールは驚きを隠さなかった。

「だから、さっきのオリバーは俺の弟になるんだ。今まで忙しかったのは、二人を迎えるために屋敷を改装したり、今日のために二人のドレスや礼服を仕立てたりしてたからだ。ドレスは男の俺にはわからないんで、いつも行く書店の娘に頼んで一緒に見立ててもらってた。皆が見た連れ歩いていた女性というのはその娘のことだよ。前にも言ったけど、その娘にはちゃんと恋人がいる」

騎士として厳格だった父に愛人がいたということが信じられないのか、エディアールの表情は固まったままだった。

「庭園でオリバーに会ったのは偶然というか、彼が俺に気づいて追ってきたんだ。それで、愛人の子供が憎くないのかと問われたから『好きだ』と答えてただけ。そしたらあいつ感激して抱き着いてきたんだよ。前のことがあるから心配してくれたのはわかるけど、本当に何でもないって。それより、これからはあのオリバーがレイムンド家の跡取りになるから、仲良くしてやって」

「……今、何と言った？」

ピクッ、と固まっていた彼の表情が動く。

「だから、弟と仲良くして……」

「その前だ！」

「オリバーが跡継ぎってこと？」

「おじさんはそこまでお前を蔑ろにするのか！」

がしっ、と両肩が掴まれる。

「跡継ぎはお前だろう」

「エ……、エディアール？」

「そんなバカなことが許せるか！　俺がおじさんに言ってやる。レイムンド家の跡継ぎはお前以外ない」

何故かわからないけれど、驚くほど彼は怒っていた。

「俺は……、跡継ぎにはなれないよ。わかってるだろう？」

「騎士ではないからか？　だがお前は優秀な文官だ。相応しい跡継ぎだ」

ああ、そうか。

「レイムンド家は騎士の家だ。俺は人に剣は向けられないから騎士にはなれない。相応しくないんだ」

エディアールは俺のために怒ってくれているんだ。

俺が頑張っていた幼い頃を知っているから。それを無にされて、家から弾かれると思って怒ってくれているんだ。

その気持ちはとても嬉しい。でも……。

「でももう決まったことなんだ。オリバーが優勝したら彼がレイムンド家の跡を継いで、俺はあの家を出るって」

「そんなバカなことがあるか！　それじゃ何のために今まで我慢してきたんだ！」

彼の怒りは留《とど》まるところを知らなかった。

「お前が跡取りだと思うから俺は……！」

ん？『俺は』？

「家を出るなら俺のところへ来い」

肩を掴むだけではなく、彼が俺を抱き締める。

「お前の居場所は俺が作る。俺を愛してなくてもいい。アルカムが傷つかないように俺が守るからここへ来い！」

……聞き間違い？

今、彼は何て言った？

『俺を愛してなくてもいい』って、それってどういう意味？

ぶわっ、と押し込めていた『期待』が膨らむ。

いや、ダメだ。誤解だ。落ち着け、俺。

「あ、あの……、オリバーを跡継ぎに、と父に進言したのは俺なんだ。俺があの家にいても幸福ではない、不幸でもないけど。父も嫌いじゃない。跡継ぎになりたいと思って努力していた幼い頃だったら違う感情を持っていたかもしれないが、騎士を諦めて自分の道を見つけた今は違う。自分の重荷を背負わせることになるオリバーに罪悪感さえある。彼が跡継ぎになってくれるなら、俺はあの家を出て、自分らしい生活をしたいとさえ思ってるんだ」

まだ興奮している彼の背中をぽんぽんと叩きながら説明する。

「家を出る……？　お前にとって、家名はそんなに辛いことだったのか？」

声は少し落ち着いたが、身体は離れない。

「辛いというか、申し訳ないという方が正しいかな。こんな息子しかいなくて申し訳ないって。だからオリバーは家族なんだから一緒に暮らそうと言ってくれたけど、俺は家を出て一人暮らしをするつもりだ」

「一緒に暮らすとはそういう意味か……」

エディアールはポソリと呟いた後、やっと密着していた身体を起こした。

深いサファイアブルーの瞳に見つめられる。

「あんな男と一緒に暮らす必要はない。お前を追い出す家にないる必要もない。ここにいればいい」

「ま……、まるでプロポーズみたいだな」

笑ってやり過ごそうとした顔が引きつってしまう。

けれど彼は真剣な眼差しを向けた。

「そうかもしれない」

「は？」

「俺の邪《よこしま》な気持ちが迷惑なのはわかってる。だがあの家を出て一人暮らしをするなら、俺のところへ来て欲しい」

「へ？」

「決してお前の意に添わない行動はしないと誓う。だが、アルカムを一人にすることなどできない」

「待って！　待って！」

彼の言葉が理解できない。

できないけど、顔にカッと血が上る。

「言い方おかしいって。それじゃお前が俺を……、その……、恋人みたいに好きって言ってるみたいに聞こえるって」

それはあり得ないだろう？

こっちはちゃんと一回フラれてるんだから。

なのにどうしてお前が顔を赤くして目を逸らして口元を隠す？

「……そうなる」

「ハァ？　だってお前困るって、俺だけは考えられないって言ったじゃないか！」

しまった、それは前世のことだった。

「そんなこと言ってない！　言うわけない。むしろアルカムしか考えられないのに。万が一それっぽいことを口にしてたなら、レイムンド家の跡継ぎであるお前は結婚しなければならないから、男など相手にさせられないと思ったからだ。だが家を継がないと言うなら、せめて気持ちを打ち明けたい」

つまりを『アルカムとだけは、そういうことは考えられない』というセリフは、家を継がなければならない俺をコッチの道には引き込めないってことか？

俺と友人でいいと言ったのも、恋人になれないと言ったのも、俺が一人息子で跡継ぎだと思ってたから、踏み込めないって思ってたのか？

いや、いや、いや、そんな都合のいい解釈。

っていうか解釈云々《うんぬん》じゃなくて、そのままストレートな言葉を貰ってるよな？　ってことはこれは現実じゃないのかも。

夢……。そうだ、夢だ。剣技会が終わって、かっこいいエディアールの姿を堪能したせいで、こんなシアワセな夢を見てるんだ。

「アルカム」

でも夢なら……、フラれないかも。

「俺もって言ったら……、どうする？　俺もお前が好きって言ったら……」

パッと彼の顔が輝く。

「嬉しいに決まってる。だがそれは恋人のように、か？」

「……うん」

「では俺達は両想いだったんだな」

ああ、嬉しい。

たとえ夢でも、あの辛かった記憶が上書きされるなら。

あの時、こんなふうに言ってもらいたかったんだなぁ。こんな嬉しそうな顔をして欲しかったんだなぁ。そう感慨に耽っていると、目の前の顔がスッと近づいてきた。

「アルカム……」

彼の手が頬に触れる。

……あれ？　どうして温かさを感じるんだろう。夢なのに。

顔は更に近づき、唇が重なった。

短い間だけど、確かに今柔らかな感触を唇に感じた。

フルカラーなだけじゃなく、感触まである夢って……。

「嫌じゃないか？」

呆然として返事もできないでいると、手は頭の後ろに回り、がっちりと抱え込む。

「嫌なら逃げていい」

と言って、再び唇を押し付けられる。

今度はただ押し付けるだけじゃなく、舌が唇をなぞるように動いてから離れた。

「ずっと、こうしたかった」

いつもは冷たい彼の瞳が、陶酔するようにとろりとし蕩けている。

「だがお前はレイムンド家を継ぐために結婚するのだから、絶対に叶わないと思っていた」

これ……、もしかして……。

「げ……、現実っ！」

「アルカム？」

「いや、待て、待て。これは夢じゃないの？」

自分で自分の頬をつねる。

痛みは確かにあった。

それでも信じられなくて、自分で自分の頬を平手で何度も打つ。

「アルカム」

その手を、彼の手が取った。

「嫌だったのか……？」

濃い青の瞳が悲しげに揺らぐ。

「いや、嫌なんじゃなくて……。現実とは思えなくて……」

悲しみがすぐに消え、にこっと笑う。

「俺もだ」

でもそうじゃないんだって。

俺はエディアールの胸を押した。

彼の身体が少し離れる。でも頭に回った手はそのままだった。

「頭を整理させてくれ。お前、俺のことを好きなの？」

「ああ」

「それは恋人みたいにっていうことで、キ……、キスしたいっていう意味で？」

「ああ。今しただろう？」

「でも今までそんなこと一度も言わなかったじゃないか」

「我慢していた。俺は気軽な三男坊だが、アルカムは一人息子。お前は家を継ぐ立場だったから、子を成せない男色の道へ引き込んではいけないと思ってた。だが自らその家を捨てたのなら、我慢しなくてもいいかと思って口に出した」

筋が通っている。

本当に、さっき俺が考えたように前世で彼が俺を拒んだのは、俺を好きだから、レイムンド家の跡継ぎである俺を迷わせないように拒んだってことなのか。

俺のことを好きなんじゃないかって思ってた行動は、全て誤解じゃなくてその通りだったってこと？

「整理、ついたか？」

ソファの隅に追い詰められていた俺の頬が、大きな両手で捕らえられる。

正面から整った顔が近づく。

「つ……、ついた」

熱くなった顔は、もう戻りそうもない。彼が近くにいる限り。

「じゃあ、この続きをしてもいいか？」

「続き？」

「わからないか？」

悪い顔で微笑まれ、理解した。

キスを止めたばかりだった。その続きということは、またキスされるってことか。もしかしたら、キスの先までってこと？

「わかってるみたいだな」

チョン、と鼻先が触れる。

前世だけだったら、逃げたかもしれない。あの頃はまだ純粋だったから。

でも現代で潤沢な知識を得て、愛があればそういうことをするのも普通なんだって感覚を手にしてから戻ってきた今は、少し不純になってる。

「俺、初めてなんだけど……」

「誘い文句だ」

だから、エディアールのキスを受けて期待が膨らんでしまうのも仕方ないだろう。

拗らせた初恋が叶うかもしれないのだから……。


顔を捕らえられたまま、何度もキスされた。

軽いリップ音を響かせ、啄《ついば》むようなキスを。

される度に体温が上がり、身体の力が抜ける。

くんにゃりとしてしまったことに気づかれて、最後のキスは深いキスになった。

咬《か》むように開いた口で唇を包み、舌を使ってこじ開けられる。

口の中に入って来る柔らかい感触が蠢《うごめ》くと、こめかみの辺りがズキズキした。

よくマンガなんかでディープキスの時に呼吸ができないって描かれていたが、本当だ。鼻で呼吸をすればいいのに、キスされているという状況に息が止まってしまうのだ。

ようやく彼が離れてくれた時には、ふはっ、と大きな息が零れて肩が揺れた。

エディアールが平気な顔をしてるのがちょっと悔しい。

「可愛い」

離れた唇が、今度は頬に、耳に、触れてくる。

「お前が襲われた部屋に踏み込んだ時、乱れた服を見てあいつ等を殺してやろうかと思った」

それって、ユリウス達に襲われた時か。

「俺も触れてない肌に触れたのかと思ったら、頭に血が上って抜刀していた」

「は？」

「エリックさんに止められたが」

朦朧《もうろう》とした意識の中で聞いた騒ぎはそれだったのか。

「止められなかったら、ちゃんと仕留めたのに」

顔を捕らえていた手が、零れていた俺の髪に触れる。

いつものようにそれを耳に掛けるのかと思ったら、一房手に取った。

「いつも耳に掛ける度、本当はこうしたかった」

と言いながら髪に口付ける。

ふわわわわ……っ。だめだ、もう限界。

まともな思考もできないし、体力が持たない。

「他のヤツが触れる前に、俺が触れたい。我慢してる間に他のヤツに触れられたり抱き着かれたりしてるのを見るのは限界だ」

髪から離れた手が、俺の礼服の胸へと移動する。

ボタンが外され、下に着ていたシャツのボタンも外され、肌に指が触れる。

「服の上からは触れたことはあったが、肌に触れたことはなかったな」

ツツツ……ッ、と指先が襟に沿って下に向かう。

「こ、ここで？」

「ベッドに連れて行っていいのか？」

「ベッドの方が……、覚悟が……」

「そうか」

力持ちなのは知っていた。あの重たい剣を自在に振り回せるのだから。

でも俺を姫抱きできるとは思ってなかった。

「エディアール！」

ソファから抱き上げられ、思わず彼の首にしがみつく。そのせいで顔が近づくと頬にキスされた。

「ひゃっ」

情けない声を上げると、笑われた。

「可愛い」

いや、男に可愛いはないだろう。言われると嬉しいけど。

そのまま彼は俺をベッドに運び、そっと降ろした。

「いいな?」

「……はい」

何が、とは訊かなかった。

さすがに何を求められてるのかは、わかる。

自分が求めていたことでもあるのだから。

エディアールが礼装用の騎士服を脱ぐ。慌てて自分も礼服を脱いだ。それを受け取って、彼が両方をソファに投げる。

お互い薄手の白いシャツ姿になる。

目が合って、また微笑まれた。

エディアールもベッドに腰を掛け、ブーツを脱ぐ。

そうだった、俺もまだ靴を履いたままだった。

脱ごうとすると、彼の手が足首を掴んで脱がせてくれて、ポイッと靴を投げ捨てた。

ベッドに上がり迫って来るから、つい逃げてしまう。

「アルカム」

名前を呼ばれただけでドキドキする。

「……はい」

「緊張してるか？」

「してる」

「俺もだ」

手と膝をついて近づいてくると、彼は俺の手を取って自分の胸に当てた。

薄い布越しに触れた彼の胸は、確かに鼓動が早かった。

一緒だと思ったから、言葉が零れた。

「ずっと……、俺もエディアールが好きだった。触れられるとドキドキしたけど、友情だから誤解しちゃいけないと思ってた」

「俺は我慢できずに手を伸ばす度、下心に気づかれるんじゃないかとドキドキしていた」

顔だけが近づいてまたキスされる。

這い上るように、彼が俺の身体の上に乗ってくる。

身体を支えるように手をついてるから、俺を捕らえることなくキスだけが降ってくる。

「好きだ」

唇に。

「夢のようだ」

額に、頬に。

「アルカムが俺のものになるなんて」

耳に、髪に。

開いたシャツの襟の間から、首に、鎖骨に、キスされる。

まだ肘で身体を支えていた身体が仰向けに倒れ込むと、胸にもキスされた。

「……う」

その体勢では身体が支えきれなかったのか、急に彼の身体の重みを感じる。

ぴったりと重なって、心臓の音を聞くように胸に耳を付けた。

さっきシャツのボタンは外されているので、耳は直接肌に触れている。目の前には、彼の黒い髪があり、旋毛《つむじ》が見えた。

こんな角度で彼を見るのは初めてだ。

緊張と混乱で動けずにいると、彼の手がそっと腰を撫でてくる。いやらしいというより、大切なものを味わうように。子供を寝かしつける時みたいに優しく。

ズボンの上からだし、腰骨の辺りなので、恥ずかしくはなかった。

だが、手が脚に伸び、内股に流れるとドキッとして身体が震える。

再び彼が身体を起こしてこちらを見た。

目が合っただけで伸び上がるようにキスを求められる。

「口、開けて」

言われるまま、少し唇を開く。その隙間から中に入り込む舌がねっとりと俺を味わう。

閉じていいと言われていないから、唇を開いたままにしていると口の外で舌を嬲《なぶ》られた。

熱くて、柔らかくて、湿った感触がいやらしくて、ずっと続けていたくなる。

キスしてるような、舌を舐め合っているようなコレを続けていると、自分が獣になったようで、理性が崩れてゆく。

漏らす呼吸が熱くなり、唇の端から唾液が零れてしまうと、やっと彼はそれを終えた。

「目が、その気になってくれた」

呟く言葉に、今の行為が俺を煽《あお》るためのものだったのを知る。

「やってから、やっぱり友情だったと後悔されたら辛いから」

「友情でこんなキスはしない……」

「ん、だから安心してる。だが、アルカムは無防備に人に懐くから。俺のこともずっと、憧れの目で見てただろう？」

気づいてたのか。

「でも憧れだけじゃないし」

「こういうことも考えてた？」

内股にあった手がするするっと上がってきて股間に近づく。でも、敏感な部分にまでは達しない。

「……考えてた。でも俺なんかのことをそういう対象で見てもらえないんだと思ってた」

前世は誤解して玉砕《ぎょくさい》したから。

『なんか』とか言うな。お前のことを好きにならずにはいられないだろう。父親に否定されても懸命に頑張って、腐ることもなく、明るくて、真っすぐで。仕事で成果を上げても驕ることもなくて、とても綺麗だ」

最後の言葉の後に、また胸にキスされる。

軽くではなくて、チクッとした痛みが走った。これは痕をつけられたな。

「だから、もっといろんな顔が見たい。俺だけに見せる色っぽい顔とか」

キスしたところをぺろりと舐められて、ゾクリとする。

マズイ、と思ったけど昂《たか》ぶって反応してしまう。

「どうしても嫌だったら、ベッドから蹴り出してくれ」

内股を撫でていた手が、ズボンにかかる。

前を開かれ、昂ぶっていたモノを引き出される。

スッと下りた顔がそこを咥《くわ》えた。

「……アッ！」

温かく濡れたものに包まれ、声を上げてしまった。

反射的に目を向けると、自分の股間に顔を埋める彼の黒髪が見える。

行為自体は見えないけれど、感覚でわかった。エディアールが、俺のモノを咥えて、舐めているって。

舌が形をなぞるようにソコを濡らす。

右手で口を押さえて声を殺したが上手くいかず、息を止める。

もう誤解も何もなかった。これは性行為以外の何ものでもない。彼は俺と『そういうこと』をしてるんだ。

俺は『そういう』対象として見られているんだ。

恥ずかしくて、困惑はしたが、止めることはしなかった。

自分も願っていたことだから。

「……っ、ふ……ッ」

舐められている場所に熱が集まる。

ズキズキと脈打ち始めると、彼は口を離した。

「ちょっと待っててくれ。……逃げないで。自分でするのもナシだ」

言うが早いか、ベッドから下りて部屋を出て行ってしまう。

え？　この状態で？　結構キツイんですけど。まさかの放置プレイなのか？

マグロのように横たわってじっとしてるのも恥ずかしくて、身体を起こす。

元気な自分が目に入り、顔を覆った。

ソコを濡らす唾液が蒸発してひんやりとしてくるのにも耐えて待っていると、急ぐ足音が聞こえて彼が戻ってきた。

ベッドの上に座っている俺を見て、少しほっとした顔を見せる。

彼は手にしていた二本のビンとグラスを枕元の小テーブルに置いた。

大きい方のビンから中身をグラスに注いで、自分で半分飲み、残りを俺に差し出す。

酒かな？　にしても今飲むのか？　おずおずと口を付けると、爽やかな果実水だった。

「これは？」

「まだキスしたいから、口を濯《すす》いできた。これでキスを許してくれるか？」

……繊細。ああいうことをした口でキスするのを俺が嫌がると思ったんだ。でも、そんなことを気にしないとは言えないから、ありがたい。

「うん」

「よかった」

彼がベッドの端に座り、俺を抱き寄せてまた舌を使ったキスをされる。

口の中は、お互いほのかに果実水の味がした。

前が開いたシャツの中に手が滑る。

「ん……」

俺の薄い胸板を硬い掌が撫でる。

乳首を見つけると、その先を爪で引っ掻いた。

「……っう」

痛みじゃない。快感で声が漏れる。

声と、肩が震えてしまったことでそれが気持ちよかったことがわかったんだろう。

爪は先だけを何度も引っ掻き続ける。

その間もキスが続くから、視界の中にあるのは彼の顔だけ。もっとも、つい目を瞑ってしまうから、その顔すら見ることができない。

両手がシャツの中で両方の胸を弄《いじ》る。

「エディアール……、お前は脱がないのか？」

「俺はまだだ。服を脱いだら自制が利かなくなる。まだアルカムを味わいたい」

答えて彼は俺を押し倒した。

「あ」

ポスンと倒れた俺の身体に、キスが施される。

唇を押し当てるだけのキスだけど、柔らかい感触を感じる度に肌が粟立《あわだ》つ。

手が、下に伸びて引き出されたまま放置されていた場所を握った。

「ん……っ」

ダイレクトな刺激に、項《うなじ》が逆立った。

「エディ……」

「いいな、その呼び方。俺もアルと呼ぼうか？」

俺のレイムンド家もエディアールのカラムス家も、厳しい貴族の家だから子供であっても愛称で呼ぶことは許されなかった。

初めて『アル』と呼ばれて、身体ではなく心に喜びが湧く。

「呼んで……」

特別な感じがして嬉しい。

「アル」

わかってくれて、彼が短く呼んでくれた。

握られ、擦られ、腰が疼《うず》く。

「エディ……、離れて」

「どうして？」

「……イク。手を……汚しちゃう」

「いいよ、汚して」

「ベッドも」

「ベッドも汚していい」

そう言われても汚すわけにはいかないと思うのに、経験のない身体は堪《た》えられなかった。

好きな男に男として一番敏感な場所を擦られて、感じないわけがない。

「だ……め……ッ。ああ……ッ！」

肩から力が抜け、解放感と共に射精する。

ぎゅっ、と握った彼の手に熱が溢れて零れてゆく。

ほうっ、と息を吐いて終わりを告げる。

「俺もする」

「まだいい」

「でも……」

「下、脱いで」

その一言にドキッとした。

「する……の……？」

「俺のしたいことがわかってるのか」

「い……、一応」

前に触るだけなら下を脱ぐ必要はない。下半身を晒け出せということは、そういうことだ。

「していいか？」

「……して……欲しい」

恥じらいよりも、エディアールが欲しい。

ずっとそうなりたいと願っていたんだから。

外見はまだ二十歳そこそこの純情青年だが、生きてる年数だけなら還暦オーバー。男性同士の知識も現代でたっぷり入れてきた。

ただその長い間、一度も実経験がないだけだ。三十過ぎて童貞なら魔法使いになれると言うのなら、大魔道士になったと宣言できる。

実際なるわけじゃないけど。

童貞初心者だが知識はある、欲望もある。ついでに性欲もある。

心は初心《うぶ》で、ちょっと触れられるだけで昇天してしまうが、やることはやって欲しいとも思ってしまう。

なので、こっちは受け入れる覚悟はあると伝えて、もぞもぞとズボンと下着を脱いで下半身を露にし、前を開けたシャツ一枚になった。

全裸にならずシャツを残したのは、恥じらいだ。

「アル」

エディアールはさっき持ってきたビンの小さい方を手に取った。

「女性の潤いの代わりにシナン油を使うと痛まないそうだ」

シナン油というのは、現代で言うオリーブオイルみたいなものだ。

「……どこでそんな知識を？　エディは初めてじゃないんだ？」

拗ねた口調で言うと、彼は困ったような顔をしたが否定はしなかった。

「騎士団の付き合いでそういうところに行ったことはある」

そういうところ、とは多分娼館だろう。この世界は同性の関係も許されてるので、男を抱いたに違いない。

「悔しいな……」

ポツリと文句を言えば、彼は眦《まなじり》を下げた。

「いや、行為はしてない。万が一アルを抱くことができた時失敗したくなくて、やり方だけ教えてもらったんだ。妬《や》かれるのがこんなに嬉しいとは思わなかった」

掌に油を零し、濡れた手で俺の下半身に触れる。

ぬるりとした感触で前に触れ、そのまま奥へと移動する。

「う……」

初めての感覚。

水で濡れるのとは全然違う。

滑らかに手が滑り、奥の穴にたどり着く。

拙《つたな》い動きで指が入口を探る。

指先はするりと中へ入ったが、それ以上深くは入らなかった。受け入れる事に慣れていない肉が硬く拒んでいるから。

「アル」

再び身体が重なり、キスされる。

「力抜いて」

と言われても無理だ。されてることを意識するとつい力が入る。

「アル」

もう一度呼ばれて、彼に軽く肩を噛まれた。

「あ……っ」

痛む程ではないけれど、驚いて声が上がる。同時に力が抜けて指が深く差し込まれた。

一度咥え込むと油のせいかズブズブと指が深く潜る。

「う……」

入ってくるべきではないところから自分の中に異物を受け入れる感覚に鳥肌が立った。

指が動いて、内壁を探る。その動きがわかる。

エディアールの指だ。あの、剣を握る指が自分の中に在る。

想像するだけでゾクリとする。

「あ……、あ……っ」

思わず、目の前にある彼の身体にしがみつく。

背を丸め、すがるように腕を回すと、彼が首筋を甘噛みした。

身体中を噛まれながら、中を荒らされ、いよいよ理性が吹き飛んでゆく。

「ん……っ」

「エディ……、エディ……」

彼のシャツを握り、必死で名を呼ぶ。

乱れた俺の長い髪を、空いている方の手で掻き上げて彼が顔をのぞき込んできた。

自分は今、きっと淫らな顔をしている。

だって気持ちいい。

指を締め付けて、それを教えてしまう。

「ダメだ……、もう我慢できない」

ずるっ、と指が抜けて彼が離れてしまう。

「エディ……」

熱が消えて寂しさを覚え、尚手《なお》を伸ばす。

潤む目で見つめると彼は忙《せわ》しなくシャツを脱ぎ捨て、逞しい身体を見せた。

右肩に薄い紫になった痣が見える。あれは剣技会でついたものか、騎士団の稽古でつけたものか。それさえ引き締まった筋肉に付いたアクセントのようで、色気を感じる。

前を開け、彼が己の性器を取り出すのが見えてしまう。

自分のモノより大きく張ったそれが俺の脚の間に隠れると、指で解《ほぐ》された場所に押し当てられる。

男同士なら挿入《い》れなくてもいいのかもしれない。だが本能が睦《むつ》み合う時の最後は結合だと望むのか、彼は挿入《い》れたがり、俺は欲しがってしまう。

身体が繋がれば、心も繋がる気がするのかも。

滑りながらも当《あ》てた先が肉を広げ、力ずくで押し入ってくる。

「あ、あ、あ……ッ」

呼吸に合わせてこじ開けられ、何度も突き上げられた。

「ひ……ぁ……」

もう一度手を伸ばし、彼の背に回す。もうシャツはないので、爪が背中に食い込んだ。

彼が自分に噛み痕を残したように、その背に爪痕が残るだろう。他人に見せられない、自分だけが愛する人に残す『痕』だと思うと、陶酔するように指先に力が籠もる。

「アッ！」

グッと貫かれて背が反る。

押し込まれた場所に力が籠もる。

それを無視して深く入り込まれる。

そそり立つ自分の先端が彼の腹を擦る。

「エ……」

もう、名前も呼べなかった。ただ息を吐くタイミングで喘ぎが漏れるだけだった。

内側から感じる圧迫に息が苦しくなる。

目眩は痛みのせいか、呼吸が苦しいせいか、それとも快感のせいか。

もっと、激しくして欲しい。

もっと、蕩《とろ》けるような愛撫が欲しい。

汗ばんできた身体が密着し、彼の匂いに包まれる。

乱暴に求められることが、嬉しかった。彼が零した『我慢できない』という言葉が悦びだった。優しくできないほど、我慢できないほど、求められてるのだと。

貪《むさぼ》るような口づけを交わし、中を突かれることが快感に直結する。頭の中が灼《や》き切れたように白くなる。

擦られる入口が、突かれる奥が、繰り返し落とされるキスが、時々吸われて噛まれる痛みが、俺をぐちゃぐちゃにする。

前を握られ、内と外から犯されて、甘く溶けて溺れてゆく。

「俺のものだ……」

掠《かす》れたエディアールの声が耳に届いた。

そして、俺が熱を吐かせて彼の腹を汚すのと同時に、エディアールの熱が俺の中に溢れてゆくのを感じた。

彼でイッた。俺でイッてくれた。

絶頂の余韻に身体が震える。

それは、長い長い初恋が叶った瞬間だった。


食い尽くされてぐったりとした身体を、抱き上げて別室のベッドへ運んでくれる腕を覚えていた。

寝かされたのは隣の、奥方の寝室だった。

喘ぎ過ぎて嗄《か》れた喉に果実水が流し込まれ、優しく抱かれながら眠りに落ちた。

夢を見ないほど深く眠り、目覚めると隣で寝息を立てているエディアールの顔があった。

残していたシャツはいつの間にかなくなっていて、二人共全裸で抱き合っていた。

それが恥ずかしくて身じろぐと、目を閉じたままの彼が声を掛ける。

「起きたのか？」

「ん……」

答えると、腕が身体を引き寄せる。

温もりは、また眠気を誘ったが、空腹が覚醒を促したので、寄り添ったままポツポツと言葉を交わす。

「身体、辛いだろう。すまなかった」

「大丈夫、嬉しかったから」

「もっと自分を制御できると思ってた……。お前のこととなると俺はダメだな」

いつものように、彼が俺の髪を耳に掛ける。

幸せだな、と思う一時。

「アル」

「何？」

「ありがとう、応えてくれて」

「それはこっちのセリフだよ」

本当に。

愛してくれてありがとう。拗らせた初恋を叶えてくれてありがとう。

「それで、いつここへ越してくる？」

「ん、やっぱりオリバー達が屋敷に馴染むまでは家に残るよ。だからまだ先かな」

「あんなもの、放っておけ」

「エディ？」

「無闇にお前に抱き着くような男と一つ屋根の下で暮らさせたくない」

「……オリバーは弟だよ？」

「関係ない」

エディアールは、子供の頃から俺に優しくて、甘くて、ずっと側にいてくれた。俺が彼に愛されてるんじゃないかと誤解するほどに。

それが誤解ではなかったということは、ずっと昔から彼は俺を好きだったわけで、ただ我慢をしてただけ。

その我慢も、もうしなくてもよくなったら……。

「跡継ぎじゃないんだから、家のことなんか考えなくていい。これからはアルは俺だけのものだろう？」

独占欲全開？

「明日にでも、荷物を運び込む手配をしよう。アルはこの部屋を使うといい。奥さんの部屋なんだから」

他人には絶対見せない満面の笑みを浮かべるエディアールに、俺はほんの少しだけ不安を覚えた。

「覚悟したんだろう？　逃がさないからな」

けれど頬に贈られる優しいキスに、その不安もすぐに消えてしまう。

求められることに歓喜してる自覚があるから。

「……逃げないよ」

束縛されるほど愛されることを幸福と思ってしまうから。

この腕の中が俺の求めていた居場所だから……。

あとがき

皆様、初めまして、もしくはお久し振りでございます。火崎勇《ひざきゆう》です。

この度は『愛さないと言われましたが、やり直したら騎士が溺愛してきます』をお手に取っていただき、ありがとうございます。

イラストのカトーナオ様、素敵なイラストありがとうございます。担当のM様、色々ありがとうございました。

さて、このお話、いかがでしたでしょうか。

片想いで玉砕だったはずが、巻き戻ってみれば溺愛でした。エディアールはずっとアルカムが好きで、手を出せずに親友の立ち位置で我慢を続けていたわけです。

ですが、晴れて解禁になったので、これからアルカムが大変そうです。

この世界では、同性婚は認められてます。ただし跡継ぎ以外。跡継ぎでも愛人なら認められてます。

なので、エディアールはアルカムとの恋人宣言をして邪魔な虫を排除したい。アルカムも、自分が同性婚をすれば弟が跡継ぎと公式に認められるから、早々に公認カップルになるかと。

で、これからです。オリバーくんは心広い兄に傾倒してブラコンになる予感。エディアールとアルカムの取り合いが始まるかも。

アルカムも初めての兄弟だから可愛がって、嫉妬したエディアールが夜にはその分愛情を注ぐのでは？

エディアールは拗らせてますから。ストッパーがなくなったら大変じゃないかな。

更に、エディアールは女性にモテるけど、実はアルカムは男性にモテる。前々世ではエディアール一筋、前世では大してモテなかったので、本人自覚はありませんが。

騎士や文官や、他の貴族に言い寄られたりするかも。ま、エディアールが蹴散らしますが。

いっそ、転生者が現れたりするのもいいかも、日本のことを知ってるアルカムが色々世話を焼いてあげて、二人しかわからない会話にエディアールがイライラする。

しかも異世界に一人で投げ出されて可哀想だからと二人の住む家に同居させる。

防音が完璧じゃないからと、夜の生活を拒否されてエディアールのイライラは最高潮。

しかも転生者が同性愛者で、この世界が同性愛に寛容だと知るとアルカムに迫る。

ついにキレたエディアールが剣を突き付けてアルカムから離れろ、というと「アルカム様に抱いてもらうんだ！」と。体格的にアルカムも身長ありますからね。

もちろん、アルカムはごめんなさいで、エディアールに叩き出されて終わるでしょう。

そろそろ時間となりました。またの会う日を楽しみに、皆様御機嫌好う。

カクテルキス文庫

Cocktail Kiss Label

好評発売中！！

◆葵居ゆゆ

青の王と花ひらくオメガ　笹原亜美：画　本体７５５円＋税

キャラメル味の恋と幸せ　古澤エノ：画　本体７６０円＋税

共鳴するまま、見つめて愛されて　北沢きょう：画　本体７６０円＋税

◆伊郷ルウ

天狐は花嫁を愛でる　明神　翼：画　本体６３９円＋税

赤ちゃん狼が縁結び　小路龍流：画　本体６８５円＋税

異世界で癒やしの神さまと熱愛　えとう綺羅：画　本体６８５円＋税

熱砂の王子と白無垢の花嫁　えとう綺羅：画　本体６８５円＋税

花嫁は豪華客船で熱砂の国へ　水綺鏡夜：画　本体６８５円＋税

八咫鴉さまと幸せ子育て暮らし　すがはら竜：画　本体７５５円＋税

虎の王様から求婚されました　古澤エノ：画　本体７５５円＋税

お稲荷さまはナイショの恋人　すがはら竜：画　本体７６０円＋税

異世界の後宮に間違って召喚されたけど、なぜか溺愛されてます！　明神　翼：画　本体７６０円＋税

◆上原ありあ

囚われた砂の天使　有馬かつみ：画　本体６３９円＋税

◆海野幸

ウサ耳オメガは素直になれない　小椋ムク：画　本体７５５円＋税

活動写真館で逢いましょう　～回るフィルムの恋模様～　伊東七つ生：画　本体７６０円＋税

◆えすみ梨奈

天才ヴァイオリニストに見初められちゃいましたっ！　立石　涼：画　本体６８５円＋税

◆栗城　偲

嘘の欠片　一夜人見：画　本体７５５円＋税

◆溝白　妙

転生悪役令息ですが、王太子殿下からの溺愛ルートに入りました　明神　翼：画　本体７６０円＋税

◆高岡ミズミ

恋のためらい愛の罪　蓮川　愛：画　本体６３２円＋税

今宵、神様に嫁ぎます。　～花嫁は強引に愛されて～　緒田涼歌：画　本体５７３円＋税

恋のしずくと愛の蜜　蓮川　愛：画　本体６３９円＋税

竜神様と僕とモモ　～ほんわか子育て溺愛生活♥～　タカツキノボル：画　本体６３９円＋税

情熱のかけら　えとう綺羅：画　本体６８５円＋税

月と媚薬　立石　涼：画　本体６８５円＋税

溺れるまなざし　やすだしのぐ：画　本体６８５円＋税

オメガの純情　～砂漠の王子と奇跡の子～　小山田あみ：画　本体７５５円＋税

不器用な唇　First love　金ひかる：画　本体７６０円＋税

不器用な唇　Sweet days　金ひかる：画　本体７６０円＋税

◆橘かおる

神獣の寵愛　～白銀と漆黒の狼～　明神　翼：画　本体５７３円＋税

神獣の溺愛　～狼たちのまどろみ～　明神　翼：画　本体６３０円＋税

黒竜の花嫁　～異世界で王太子サマに寵愛されてます～　稲荷家房之介：画　本体６３９円＋税

神の花嫁　タカツキノボル：画　本体６４８円＋税

レッドカーペットの煌星　明神　翼：画　本体６８５円＋税

その唇に誓いの言葉を　実相寺紫子：画　本体６８５円＋税

神主サマはスパダリでした　タカツキノボル：画　本体６８５円＋税

黒竜の寵愛　～異世界で王太子サマと新婚生活～　稲荷家房之介：画　本体６８５円＋税

神様のお嫁様　タカツキノボル：画　本体６８５円＋税

王宮騎士の溺愛　タカツキノボル：画　本体６８５円＋税

妖精王と麗しの花嫁　香坂あきほ：画　本体６８５円＋税

いつわりの甘い囁き　すがはら竜：画　本体７５５円＋税

ツンデレ猫は、オレ様社長に溺愛される　香坂あきほ：画　本体７５５円＋税

カクテルキス文庫

Cocktail Kiss Label

好評発売中!!

◆中原一也

野良猫とカサブランカ　実相寺紫子 画　本体591円+税

◆火崎 勇

ランドリーランドリー　有馬かつみ 画　本体685円+税

夕闇をふたり　実相寺紫子 画　本体685円+税

ホントウは恋のはじまり　タカツキノボル 画　本体755円+税

彼と彼との家族のカタチ　金ひかる 画　本体760円+税

転生したら聖女じゃなく、騎士侯爵の偽恋人になりました　古澤エノ 画　本体760円+税

王弟殿下は転生者を溺愛する　すがはら竜 画　本体760円+税

◆日向唯稀

Dr.ストップ —白衣の拘束—　水貴はすの 画　本体600円+税

Bitter・Sweet —白衣の禁令—　水貴はすの 画　本体618円+税

獄中 —寵辱の褥—　タカツキノボル 画　本体685円+税

◆妃川 螢

オーロラの国の花嫁　えとう綺羅 画　本体573円+税

誑惑の檻 —黒皇の花嫁—　みずかねりょう 画　本体630円+税

ラブ・メロディ —執着の旋律—　せら 画　本体648円+税

ラブ・メロディ —情熱の旋律—　せら 画　本体685円+税

王と剣 —マリアヴェールの刺客—　みずかねりょう 画　本体685円+税

恋の孵化音 —Love Recipe—　かんべあきら 画　本体685円+税

金融王の寵愛　海老原由里 画　本体685円+税

禁断ロマンス　朝南かつみ 画　本体685円+税

王様のデセール —Dessert du Roi—　笹原亜美 画　本体760円+税

◆藤森ちひろ

愛執の褥 ～籠の中の花嫁～　小路龍流 画　本体618円+税

◆森本あき

魔王の花嫁候補 ～下級魔法使いの溺愛レッスン～　えとう綺羅 画　本体685円+税

希少種オメガの憂鬱　立石 涼 画　本体685円+税

同棲はじめました。 ～子育て運命共同体～　タカツキノボル 画　本体755円+税

◆義月粧子

宿命の婚姻 ～花嫁は褥で愛される～　みずかねりょう 画　本体582円+税

かりそめの婚約者　水綺鏡夜 画　本体630円+税

オメガバースの不完全性定理　星名あんじ 画　本体685円+税

オメガバースの双子素数予想　星名あんじ 画　本体685円+税

オメガバースのP対NP予想　星名あんじ 画　本体685円+税

諸侯さまの子育て事情　小禄 画　本体685円+税

オメガバースの寵愛レシピ　Ciel 画　本体755円+税

闇に溺れる運命のつがい　タカツキノボル 画　本体755円+税

箱入りオメガは溺愛される　すがはら竜 画　本体755円+税

引き合う運命の糸 ～α外科医の職場恋愛　古澤エノ 画　本体760円+税

王族アルファの花嫁候補　小山田あみ 画　本体760円+税

運命のつがいは巡り逢う　小山田あみ 画　本体760円+税

【電子書籍配信】

◆妃川 螢

不敵な恋の罪　タカツキノボル 画　本体857円+税

ワガママは恋の罪　タカツキノボル 画　本体857円+税

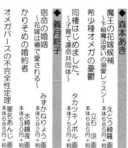

Cocktail Kiss Label

カクテルキス文庫をお買い上げいただきありがとうございます。
先生方へのファンレター、ご感想は
カクテルキス文庫編集部へお送りください。

〒102-0073　東京都千代田区九段北3-2-5 5F
株式会社Jパブリッシング　カクテルキス文庫編集部
「火崎　勇先生」係 ／「カトーナオ先生」係

◆カクテルキス文庫HP◆ https://www.j-publishing.co.jp/cocktailkiss/

愛さないと言われましたが、やり直したら騎士が溺愛してきます

2023年6月30日　初版発行

著　者　火崎 勇
©Yuu Hizaki

発行人　藤居幸嗣

発行所　株式会社Jパブリッシング
〒102-0073　東京都千代田区九段北3-2-5 5F
TEL　03-3288-7907
FAX　03-3288-7880

印刷所　中央精版印刷株式会社

定価はカバーに表示してあります。
万一、乱丁・落丁本がございましたら小社までお送り下さい。
本書のコピー、スキャン、デジタル化等の無断複製は著作権法上の例外を除き禁じられています。

ISBN978-4-86669-576-1　Printed in JAPAN